Les plus jolis mots d'amour

Les plus jolis mots d'amour

Albin Michel

Sommaire

Introduction

Et si nous partions du tout début ? Il nous plaît de penser qu'Adam et Ève étaient amoureux l'un de l'autre. Personnellement, j'ai plutôt l'impression que leur mariage devait avoir des motivations pratiques. Pour des raisons évidentes, les premières unions avaient beaucoup plus à voir avec la reproduction qu'autre chose, une conception qui n'a toujours pas changé dans certains milieux religieux. Cependant, l'être humain n'a pas tardé à affiner sa perception du sentiment lié à ces activités. Ainsi, dès la

Genèse 29, on nous décrit une relation amoureuse d'une profondeur et d'une complexité qui placent la barre très haut, même au regard des normes actuelles. Il s'agit de l'histoire du jeune Jacob, qui, renvoyé de chez lui pour avoir floué son frère, s'en va à la recherche d'une épouse. Il arrive dans le pays de son oncle maternel où il est accueilli par une jeune bergère, sa cousine Rachel. La quête de Jacob s'arrête là car il tombe fou amoureux de cette très belle fille. Voici donc un jeune homme amoureux, qui n'a aucune chance parce qu'il n'a rien à offrir et se trouve en terre étrangère. Son oncle Laban, un fieffé filou, lui propose de travailler sept ans pour lui en échange de la main de Rachel. Les années de dur labeur se succèdent et quand vient enfin le moment, Laban trahit son neveu en lui envoyant la sœur aînée de Rachel pour la nuit de noce. Même après s'être fait duper, Jacob reste inébranlable et accepte de travailler sept ans de plus pour obtenir la main de Rachel. Il exécute patiemment les tâches jusqu'au bout et, alors qu'il en veut encore son oncle pour ses machinations, il parvient à rentrer dans son pays avec l'élue de son cœur. Voilà ce qu'on appelle de l'amour !

Cette histoire me ravit toujours parce qu'elle tient du conte de fées. Elle dit quelque chose d'intemporel et d'universel sur l'amour. Contrairement à ce que racontent beaucoup de récits antiques, souvent de simples histoires d'attirance sexuelle, le personnage ici ne se contente pas de se jeter sur une femme qui lui plaît et de la traîner jusqu'à sa tente. Même les plus grands rois bibliques avaient tendance à agir de la sorte : voyez l'exemple le plus célèbre, celui de David et Bethsabée. Au contraire, ce qui se passe entre Jacob et Rachel est extrêmement intéressant sur le plan humain : premièrement, c'est un véritable coup de foudre qui les réunit. Et pourtant, deuxièmement – c'est peut-être encore plus important –, il s'agit d'un amour qui dure. Les héros attendent quatorze ans pour être ensemble. On peut donc être raisonnablement sûr que ce qu'ils voient l'un chez l'autre n'est pas une illusion passagère. Au contraire, à y regarder de plus près, il s'agit d'un conte sur le labeur, la patience et la persévérance, sur fond de bienveillance et de dévotion. Pourtant, en y ajoutant une complication en la personne du père de la fille, qu'obtenons-nous sinon le scénario du film *Mon beau-père et moi* ?

Dans une seule et même histoire sont réunis deux des plus remarquables aspects de l'amour, fascinants de toute éternité : la soudaineté avec laquelle il peut métamorphoser une vie, et son pouvoir d'endurance. Dans les chapitres qui suivent, nous allons voir comment ces événements universels se manifestent dans les relations humaines en divers endroits du monde et d'une culture à l'autre. Nous commencerons par le coup de foudre et conclurons avec l'amour éternel. Entre les deux, nous aborderons de façon assez détaillée ce superbe terrain de jeu que la littérature et le théâtre explorent jusque dans ses moindres recoins depuis des siècles ; où il suffit que deux personnes se regardent dans les yeux pour réduire à néant tous les efforts de la société pour réfréner et contrôler les sentiments. C'est là que nous découvrons le meilleur et le pire de la nature humaine, depuis la pure méchanceté et la tromperie, en passant par la coquinerie, la frivolité, la désinvolture, le désir, la séduction, l'attirance, le jeu et la curiosité, jusqu'à la prévenance, le soutien, l'attachement, l'amour et l'adoration dans leurs meilleures acceptions.

Paradoxalement, l'importance des mots peut alors devenir aussi bien capitale qu'inexistante. On dit parfois que dans une relation parfaite les paroles ne sont pas nécessaires, mais pour la plupart des gens, à tous les stades de la parade amoureuse, « trouver les mots » a toujours été un problème. Si l'entreprise s'avère déjà ardue avec quelqu'un de sa propre culture, imaginez comme elle devient difficile – et plus passionnante, aussi –dans une langue et un contexte totalement différents des siens. Dans un premier temps, on doit encore pouvoir se débrouiller si l'on a pris la précaution de mettre dans son sac à dos un ouvrage du style « Comment draguer partout sur la planète ». Mais, à un certain stade de la relation, cela ne suffira plus. Si, par essence, toute relation sérieuse comporte ses problèmes, inutile de dire que les choses se compliquent sérieusement lorsqu'on ne dispose pas des outils pour exprimer ses émotions. Imaginez les conséquences pour le pauvre diable qui trouverait le courage d'avouer ses plus intimes sentiments dans un polonais rudimentaire, et apprendrait l'instant d'après qu'il vient d'insulter la grand-mère de l'objet de son désir. Comme on dit du côté de Varsovie, ce serait vraiment un coup à « transpirer comme un âne dans une valise » !

Dès que l'on sort de sa propre culture, les conventions deviennent aussi importantes que les mots. Une fois, un de mes amis britanniques qui travaillait en Espagne est sorti, dans la joie et l'insouciance, avec une jeune fille du cru. Il la fréquentait depuis plusieurs semaines et appréciait énormément sa compagnie, jusqu'au jour elle l'invita chez elle afin qu'il rencontre ses parents, ce qu'il accepta sans arrière-pensée. Ce n'est que lorsque le père demanda quand ils comptaient se marier que mon ami comprit qu'il y avait anguille sous roche. En se présentant chez les parents de la jeune fille, il était devenu son *novio* officiel, autant dire son fiancé. Et, en l'occurrence, cela ne faisait pas tout à fait partie de ses projets.

J'aimerais assez que la science soit capable de mieux nous éclairer sur ces questions mais, parallèlement, je crains bien que, dès que les scientifiques ouvrent la bouche à ce sujet, mes sourcils ne se mettent immédiatement au garde-à-vous. Récemment, j'ai entendu un psychologue français expliquer à la télévision qu'être amoureux était « un état pathologique ». Cela revient presque à dire que vivre est une maladie puisque tout ce que nous faisons nous rapproche inexorablement de la mort. Selon moi, si l'amour était vraiment une pathologie, alors nous devrions tous en mourir – et le plus tôt serait le mieux. Il est vrai que « mourir d'aimer » est un concept si répandu dans l'humanité qu'il alimente la musique et la poésie depuis des temps immémoriaux. Les rois et les reines du classicisme grec torturaient et se suicidaient au nom de l'amour. Roméo et Juliette, dans l'Italie de Shakespeare, et le Werther de Goethe, dans l'Allemagne romantique du XVIIIe siècle, en sont littéralement morts. La plupart de ces tragédies traitaient de l'amour dans un contexte de conflit social insoluble : l'amour opposé au devoir, à la manière des tragédiens français.

De nos jours, on n'a pas besoin, en général, d'en arriver à de telles extrémités, même s'il est possible que Sarajevo et la Palestine aient écrit les tragédies amoureuses du monde moderne. Pour ceux d'entre **nous d**ont la situation n'est pas si cruelle, c'est Jacob **qui, du h**aut de plusieurs siècles, donne le ton. Il suffit de savoir avec qui l'on a envie d'être, de se figurer ce que l'on peut faire… et de passer à l'action.

Christopher Moore

coup
de
cœur

Le coup de foudre

Dans la vie, l'amour est peut-être l'une des rares choses que nul ne puisse planifier. Personne ne se lève un beau matin en disant : « Tiens, aujourd'hui je vais tomber amoureux » ! Combien de romans et de pièces (*Orgueil et Préjugés*, *Beaucoup de bruit pour rien*, *La Mégère apprivoisée*, *Nord et Sud*, pour n'en citer que quelques-uns) abordent le thème de la trop longue liste des quali-tés estimées essentielles chez un compagnon ? De telles listes ne peuvent que tenter le diable. Rien ne se passe jamais comme prévu. De farouches ennemis du tabagisme se retrouvent en train d'allumer les cigarettes de l'objet de leur flamme ; des droitistes se mettent à écouter attentivement des gauchistes ; des supporters d'équipes sportives rivales (peut-être l'équivalent moderne des Montaigus et des Capulets) s'assoient côte à côte sur un gradin. Seul l'amour, ou au moins un fort béguin, a le pouvoir d'effacer en un clin d'œil ces antipathies naturelles.

Celui qui vient de tomber amoureux ne parvient jamais à cacher le nouvel état d'hébétude dans lequel il se trouve. Le rougissement, les bredouillements chez celui qui s'est toujours particulièrement bien exprimé, le manque soudain de coordination psychomotrice (et, par conséquent, la chute d'un crayon, de clés ou de petite monnaie), l'incapacité à se souvenir des noms (y compris le sien), la collision par inadvertance des coudes ou des genoux avec les meubles : tels sont les signes infaillibles, les symptômes, de l'amour. Il ne reste qu'à y ajouter une alarmante tendance à la rêverie éveillée et/ou au manque d'attention, et le diagnostic est complet. Un vieux proverbe anglais affirme que « l'amour et la toux sont deux choses qui ne peuvent se cacher ». À quand remonte-t-il ? Les Romains disaient déjà *amor tussique non celantur*, ce qui signifie à peu près la même chose. Ce phénomène est encore plus vrai lorsqu'il s'agit d'un coup de foudre ; il est impossible que quelque chose d'aussi puissant ne vous affecte pas de manière visible (et malheureusement risible). On relève plusieurs signes de souffrance : mentionner le nom du nouvel être cher à tout bout de champ, faire des promenades sans but qui se trouvent justement aboutir près de son domicile ou de son lieu de travail, vérifier son courrier à une fréquence largement supérieure à celle à laquelle il peut être envoyé... À un stade avancé, la maladie du coup de foudre peut mener jusqu'à l'écriture de poèmes ou, pour les plus modernes, à la création de blogs.

Mais imaginons un instant que les scientifiques découvrent un moyen d'empêcher le coup de foudre – qu'il ne s'agisse finalement que d'un de ces virus contre lesquels on peut être vacciné. Une simple injection nous protégerait alors contre les comportements absurdes liés au mal d'amour, ainsi que contre la perte de notre dignité et de notre bon sens. Elle nous épargnerait l'inutile achat de vêtements neufs qui suit systématiquement chaque nouvelle tocade et réduirait ce frisson à quelque chose de comparable à la varicelle ou aux oreillons. Voudriez-vous vraiment de ce vaccin ? Qui pourrait bien en vouloir ?

colpo di fulmine *(italien)*

Étant donné la proximité des deux pays, il n'est pas éton-nant que les Italiens aient de nombreuses expressions en commun avec les Français. C'est la même image de la foudre, frappant soudainement au cœur, qui est employée dans les deux langues. Les Allemands ne disent pas autre chose avec *Wie vom Blitz getroffen sein*. En revanche, les Grecs sont victimes du *keravnovolos erotas*, littéralement, l'« amour lanceur d'éclair ».

blixtförälskelse *(suédois)*

Contrairement à tous ceux qui fondent sous l'effet du premier regard, les Suédois tombent « immédiatement amoureux ». Ils n'ont pas besoin de se voir, une certaine proximité suffit. *Blixtkär* signifie lui aussi « frappé par un éclair ».

el ha dado el flechazo *(espagnol)*

Pour les Espagnols, le coup de foudre est classique et traditionnel : ils se font percer le cœur par *un flechazo*, une flèche (probablement tirée par Cupidon ou Éros). Il faut comprendre quelque chose comme « il est subitement tombé fou amoureux ».

yi jian zhong qing *(chinois)*

L'expression chinoise est assez proche du *love at first sight* (« l'amour au premier regard ») britannique. Elle se traduit littéralement par « premier regard tombe amoureux ».

pehli nazar mein pyaar ho gaya *(hindi)*

L'Inde a bâti toute son industrie filmographique autour du concept du coup de foudre. L'expression signifie « au premier regard, l'amour est arrivé ». Mot pour mot ou avec de légères variantes, il n'est pas rare de l'entendre dans les chansons des productions bollywoodiennes.

ya vlubilsya bez oglyadki *(russe)*

En russe, pour parler du coup de foudre, on dit « je suis tombé amoureux sans me retourner ». Combien se promettent à eux-mêmes de ne jamais regretter ?

šmrkati se *(serbo-croate)*

On entend souvent dire que l'attirance n'est qu'une question de phéromones. En serbo-croate, on parle métaphoriquement de « se sentir » ou de « se renifler » l'un l'autre pour évoquer les échanges d'œillades entendues et tous les stratagèmes qu'on invente pour tenter d'attirer un regard dans la rue ou dans une salle bondée.

als een blok voor iemand vallen *(néerlandais)*

Lorsqu'ils « tombent » pour quelqu'un, les Néerlandais le font « comme un bloc », donc à peine plus légèrement que les Anglais qui, eux, tombent « comme une tonne de briques ».

stati na ludi kamen *(serbo-croate)*

En français, la métaphore « tomber amoureux » ne révèle rien de ce qui peut causer un tel trébuchement émotionnel. Les Croates sont plus explicites : littéralement, l'expression *stati na ludi kamen* signifie « marcher sur une pierre folle ».

me traes de nalgas *(espagnol mexicain)*

Signifiant littéralement « tu me fais tomber sur les fesses », cette expression peu protocolaire décrit la position dans laquelle on atterrit quand on tombe amoureux, c'est-à-dire lorsque quelqu'un vous fait tomber à la renverse. Il arrive qu'en français, cette même idée soit exprimée un peu plus crûment.

hodestups forelsket *(norvégien)*

Pour parler des phases initiales d'une histoire d'amour, les Norvégiens disent *hodestups forelsket*, « la tête plongée dans l'amour ». Il se dégage de cette locution une impression d'immersion totale dans la relation. Bien sûr, le plus grand risque auquel on s'expose en plongeant la tête la première, c'est que l'eau manque de profondeur !

sich Hals über Kopf verlieben (allemand)

En français, on peut dire que l'on se sent totalement « retourné » ou « chaviré » par l'amour. Cette idée de bouleversement de l'ordre habituel des choses fait évidemment référence à la sensation de dislocation que peuvent entraîner les émotions fortes. En allemand, l'amour vous fait carrément passer « le cou par-dessus tête », ce qui doit être plutôt inconfortable et ne donne pas très envie d'imaginer le résultat.

retkahtaa (finnois)

Si, en France, chacun sait que l'amour peut enivrer, en Finlande *retkahtaa* veut aussi bien dire « tomber amoureux » que « sombrer dans l'alcool ». Signifiant littéralement « tomber violemment et involontairement », ce verbe décrit l'impression de soudaineté et de choc que l'amour fait naître chez certaines personnes.

mabuk cinta *(indonésien)*

En Indonésie, les amoureux languissants sont littéralement «ivres d'amour». Cette métaphore est également courante en français. On la retrouve notamment chez Baudelaire, Balzac ou Alexandre Dumas.

mero-mero *(japonais)*

La langue japonaise dispose d'un fascinant éventail de termes onomatopéiques pour parler de l'état physique (*gitaigo*) et, plus rarement, de l'état psychologique (*gijougo*) de quelqu'un. Ces mots s'écrivent en *katakana*, la notation syllabique. *Mero-mero* peut se traduire par «être éperdument amoureux» ou «ramollir, fondre» et peut donc exprimer ces deux concepts. De tels vocables sont, comme on peut l'imaginer, très courants dans les mangas. Il existe d'ailleurs un personnage appelé

Meroko, ce qui n'est pas un nom traditionnel. Lui aussi ne peut s'écrire qu'en *katakana*, ce qui pourrait indiquer une association d'idées d'ordre phonétique. Il existe encore une bonne raison d'appuyer cette théorie : Meroko n'arrête pas de tomber désespérément amoureux.

CUPIDON, DIEU DE L'AMOUR

Cupidon, le dieu de l'Amour, est vraiment un drôle de dieu. Contrairement aux autres divinités de la mythologie, qui sont généralement présentées comme puissantes, belles, redoutables ou les trois à la fois, Cupidon est généralement dépeint comme un enfant espiègle, portant parfois un bandeau sur les yeux.

Le nom de Cupidon provient très probablement du latin *cupere*, « désir », ce qui semblerait indiquer qu'il en est la personnification. De son nom grec, Éros, nous avons tiré le mot « érotique ». En revanche, le terme « cupidité », dérivé de « Cupidon » a perdu toute connotation sexuelle (le mot, en effet, fait référence à la soif de possessions et non au désir charnel).

Dans son *Anatomie de la mélancolie*, Robert Burton signale que, selon Phèdre, les origines de Cupidon remontent à des temps si anciens qu'« aucun poète ne les découvrira jamais ». Hésiode pensait qu'il était le fils de Terra et de Chaos, et, par conséquent, le plus vieux d'entre tous les dieux. Dans *Le Banquet*, Platon présente Cupidon comme le fils de Poros (la Richesse) et de Pénia (la Pauvreté). Toujours selon le philosophe, le fait qu'il ait été conçu le jour de l'anniversaire de Vénus expliquerait qu'il soit souvent associé à elle.

Dans la mythologie grecque, Éros a un frère, Antéros, le dieu de l'Amour mutuel, de la Tendresse et de la Passion – vengeur de l'amour non partagé. En tant que tel, il combat Éros qui adore faire naître des amours non réciproques. Burton explique également pourquoi Cupidon a l'apparence qu'on lui connaît :

Si l'Amour (Cupidon) est représenté jeune, c'est parce que les jeunes hommes sont plus aptes à aimer ; doux, blond et potelé, parce que de tels individus sont plus facilement épris ; nu, parce que la véritable affection est simple et sans apprêt ; il sourit parce qu'il est joyeux et grand amateur de délices ; il porte un carquois pour montrer son pouvoir, auquel nul ne peut échapper ; il est aveugle parce qu'il ne voit pas où il frappe ni qui il touche.

En fait, Cupidon porte deux jeux de flèches : certaines, dotées de pointes d'or, inspirent l'amour authentique et la passion durable ; les autres, dont les pointes sont en plomb, ne génèrent chez leurs victimes que lascivité et lubricité. Dans *Le Songe d'une nuit d'été*, Shakespeare prouve que cette particularité mythologique était très connue à son époque lorsque Hermia jure à Lysandre sur l'arc et les flèches de Cupidon qu'elle viendra à leur rendez-vous :

Je te le jure, par l'arc le plus puissant de Cupidon ;
Par sa plus belle flèche à pointe d'or [...]
Par celle qui tresse les âmes et favorise l'amour...

Selon une légende, Cupidon aiguisait ses flèches sur une meule imbibée de sang – une image assez éloignée de celle du petit ange qui orne nos boîtes de chocolats.

tragado como media de cartero *(espagnol)*

Si la traduction littérale de cette expression est « englouti comme une chaussette de facteur », elle signifie pourtant, en réalité, « éperdument amoureux ». *Tragado*, « avalé » ou « englouti », est également un terme argotique pour dire « amoureux ». Mais pourquoi une chaussette de facteur ? Eh bien, pensez à ce pauvre préposé en train de faire sa tournée, se traînant péniblement, constamment obligé de remonter ses chaussettes pour qu'elles ne finissent pas au fond de ses chaussures – avec à peu près les mêmes chances de réussite que quelqu'un qui essaierait de s'empêcher de tomber amoureux.

vliuben do ushi *(bulgare)*

Tout le monde connaît le sourire idiot de celui qui vient de tomber amoureux et sait à quel point il est irritant. Les Bulgares décrivent ce phénomène à l'aide de l'expression *vliuben do ushi*, « être amoureux jusqu'aux oreilles ». Les Finlandais sont également touchés par ce type de folie.

Chez eux, la formule consacrée est *he ovat korviaan myöten rakastuneita*, « ils sont dans l'amour jusqu'aux oreilles ». De l'autre côté de la mer, en Suède, les effets de l'amour se situent un peu plus haut: on est *upp övver öronen förälskad*, littéralement « amoureux jusque par-dessus les oreilles ».

basbasa *(arabe)*

Littéralement « faire des yeux de mouton ». On ne sait pas très bien pourquoi le regard du mouton est associé aux œillades amoureuses (mais après tout, les Français disent bien « des yeux de merlan frit… »). Selon la définition d'un vieux monsieur de Damas, « cela veut dire regarder quelqu'un… illégalement. De manière à créer des problèmes, à faire parler les gens ».

sein Blick ging mir durch Mark und Bein (allemand)

Tout le monde peut être victime d'une œillade assassine (et si on vous fusille du regard, il s'agit peut-être même d'un regard meurtrier). Mais, en allemand, lorsqu'on dit d'un regard qu'il « vous traverse la moelle et les os », c'est au contraire pour évoquer cette sensation intense qui ne peut résulter que d'une certaine sorte de contact visuel.

qiubo (chinois)

Que les yeux puissent émettre de forts signaux émotionnels, particulièrement lorsqu'il s'agit de sentiments amoureux, est un concept bien ancré dans nombre de cultures. En Chine, les yeux clairs et brillants d'une belle femme – ces langoureux pièges à regard – sont des « vagues d'automne ». *An song qiubo* désigne le fait de communiquer son amour en faisant les yeux doux. Littéralement, *an song* signifie « envoyé en secret ».

fare il filo a qualcuno *(italien)*

« Faire le fil à quelqu'un » signifie « avoir des vues sur quelqu'un » ou « garder un œil sur quelqu'un ». La formule française « filer quelqu'un », familière à tous les amateurs de polar, exprime également l'idée de ne pas perdre quelqu'un des yeux mais dans un état d'esprit et un contexte radicalement différents.

udari me sliapata nedelia *(bulgare)*

Cette expression, qui signifie littéralement « j'ai été frappé par le dimanche aveugle », s'emploie en Bulgarie pour exprimer la soudaineté avec laquelle on peut tomber amoureux. L'idée de l'amour aveugle nous est familière – Cupidon est souvent représenté les yeux bandés, tel qu'on le voit dans *Le Printemps*, la célèbre œuvre de Botticelli – mais pourquoi le dimanche ? L'amour serait-il plus explicable durant les jours de la semaine ?

mi-a rămas sufletul la tine (roumain)

À en croire les chansons populaires, personne n'utilise plus le mot « âme » que les amoureux. Très romantique, cette expression roumaine signifie « mon âme est restée avec toi » ou « mon âme est avec toi ». Elle dépeint parfaitement ce que l'on ressent quand on s'éprend de quelqu'un.

bashert (yiddish)

On entend souvent ceux qui viennent juste de tomber amoureux dire qu'ils ont enfin trouvé « l'âme sœur », personne unique à laquelle ils étaient destinés. En yiddish, le mot qui exprime l'idée de deux cœurs faits l'un pour l'autre est *bashert*. Il signifie « destiné » ou « prédestiné ».

mune o kogasu *(japonais)*

Cette expression signifie « être impatient de rencontrer l'être aimé », c'est-à-dire être à la recherche de l'âme sœur. Comme dans beaucoup d'autres situations, l'attente est parfois aussi agréable que l'événement lui-même.

mune kyun *(japonais)*

En japonais, *mune kyun* est une locution onomatopéique dont la signification est extrêmement précise. Dans les années 1980, elle a été popularisée par une chanson intitulée *Kimi ni mune kune*. Elle reproduit le son de la contraction des cœurs des amoureux lorsqu'ils se rencontrent.

to be poisoned on *(anglais américain)*

Si vous êtes *poisoned on someone*, « empoisonné de quelqu'un », c'est que vous êtes amoureux. L'amour se rapproche alors d'une véritable intoxication.

es funkt / knistert zwischen zwei Menschen (allemand)

Il n'est pas rare, en français, que l'on qualifie une atmosphère ou une relation d'«électrique». Pour parler du frisson que procure une nouvelle histoire d'amour, les Allemands poussent l'idée un peu plus loin en employant des verbes tels que *funken*, littéralement «radiodiffuser», ou *knistern*, «grésiller». Ici, l'érotisme qui circule entre deux personnes n'est plus seulement visible; il devient carrément audible.

jemandem schlägt das Herz bis zum Hals (allemand)

Si un Français a «la gorge serrée» quand il est très ému ou angoissé, un Allemand a «le cœur qui bat jusque dans la gorge» lorsqu'il rencontre quelqu'un qui lui plaît d'emblée.

SORTS, CHARMES ET PHILTRES D'AMOUR

Cela fait des milliers d'années que l'on a recours aux sorts, aux charmes et aux philtres d'amour. L'éventail s'étend des plus inoffensifs (allumer un cierge ou faire pousser du basilic autour de chez soi) aux plus répugnants (manger l'ongle du majeur gauche de la personne dont on veut être aimé), en passant par les plus absurdes (utiliser une loupe le 6 janvier pour attirer l'amour – parce que cette date est celle de l'« anniversaire » de Sherlock Holmes !).

Que ce soit pour unir les couples de manière surnaturelle ou simplement grâce à des vertus aphrodisiaques, on a toujours fabriqué des philtres avec des ingrédients variés. Aucun d'entre eux n'est efficace, et certains sont même très probablement toxiques. Les Romains employaient de l'ambre gris, des œufs de tortue, des criquets et des éperlans. Un papyrus égyptien mentionne un œil de singe et une plume d'ibis. La racine de mandragore fut utilisée dans de nombreux philtres depuis l'Antiquité grecque (on a longtemps affirmé qu'elle avait la forme d'un corps humain, poussait sous les potences et hurlait quand on la déterrait – si bien qu'on recommandait aux cueilleurs de se boucher les oreilles avec de la cire s'ils ne voulaient pas devenir sourds). La jusquiame et la verveine étaient également considérées comme des plantes efficaces.

Bien entendu, il ne suffisait pas de mélanger les ingrédients comme on le fait dans sa cuisine ; il fallait également proférer quelques incantations et, parfois, préparer la mixture à une heure précise du jour ou de la nuit. La confection de certains charmes était incroyablement compliquée : la femme qui voulait faire un « gâteau d'amour » devait se déshabiller complètement en présence d'une sorcière et se coucher. On posait ensuite une planche sur son corps, sur laquelle on plaçait un petit fourneau. On y faisait cuire le gâteau, que l'on envoyait, encore chaud, à l'heureux élu. Un autre sort, plus simple, consistait à présenter à l'être aimé une pomme préalablement gardée sous son aisselle. On se demande bien lequel de ces deux présents recevait le meilleur accueil.

Un terrible enchantement irlandais exigeait de prélever une bande de peau sur un cadavre masculin enterré depuis neuf jours. Il fallait la découper avec un couteau à manche noir et l'attacher autour du bras de la victime pendant qu'elle (en fait, il s'agissait plus souvent d'un « il ») était en train de dormir. À son réveil (la

bande ayant été retirée), l'homme était amoureux de celle qui lui avait jeté le sort et le res-
tait éternellement à moins que la bandelette ne
soit détruite ou brûlée. On disait que les enfants
nés de telles unions portaient une marque noire
au poignet.

Mais les charmes et les sorts ne génèrent pas
toujours l'amour ; ils peuvent aussi le faire mourir. D'ailleurs, on recommande depuis longtemps
aux amoureux de ne pas s'offrir d'objets tran-
chants, tels que couteaux ou ciseaux, car ceux-ci
risqueraient de couper l'amour.

netsu wo ageru *(japonais)*

Cette expression, signifiant littéralement « faire monter la température », s'emploie lorsque quelqu'un nous plaît tellement que sa simple présence nous fait rougir.

prendere una sbandata per qualcuno *(italien)*

Littéralement : « faire une embardée pour quelqu'un ». C'est ce que l'on dit quand on a un énorme, et incontrôlable, coup de cœur pour quelqu'un.

avoir le béguin pour quelqu'un *(français)*

Le mot « béguin » s'est échappé d'un couvent. En effet, au XIIIᵉ siècle, les béguines appartenaient à un ordre catholique des Pays-Bas. Contrairement à la plupart de celles qui avaient « épousé Jésus », ces dernières avaient le droit de quitter l'ordre pour se marier si elles le désiraient. L'heureux élu devait avoir l'impression d'être le second mari de l'ex du Christ – peu d'hommes pourraient soutenir la comparaison.

ho presso una cotta *(italien)*

S'il arrive d'entendre dire, en français, que le chemin qui mène au cœur d'un homme passe par son estomac, les Italiens disposent d'une locution qui leur permet de s'exprimer par la voix de celui qui mange. *Ho presso una cotta* signifie littéralement « j'ai pris un plat chaud », mais s'emploie dans le sens de « j'ai le béguin » (à ne pas confondre avec « j'ai pris une cuite ») !

get one's nose open *(AVAA)*

Dans l'anglais de la communauté noire américaine (également appelé « anglais vernaculaire afro-américain », ou AVAA), une personne éprise « le nez ouvert ». L'expression peut également signifier « être vulnérable »… comme quand on est amoureux.

kalverliefde *(néerlandais)*

L'expression signifie « amour de veau » et existe également en anglais (*calf-love*). Elle désigne un attachement
romantique entre deux jeunes gens ou toute autre forme
de sentiment amoureux immature. Elle fait probablement référence à l'équilibre précaire et à la fragilité
générale des bébés animaux.

cinta monyet *(indonésien)*

En Indonésie, les relations balbutiantes que Néerlandais
et Britanniques qualifient d'« amour de veau » sont connues
sous le nom d'« amour de singe ».

mamihlapinatapai *(yaghan, langue de la Terre de feu, aujourd'hui éteinte)*

Répertorié dans le *Livre des records* comme « le plus suc-
cinct de tous les mots », ce terme décrit l'état de confusion
dans lequel le coup de foudre peut plonger quelqu'un, cette
étrange impression de « ne plus savoir où l'on va ».

fartshadet *(yiddish)*

En plus de définir un état de confusion, de vertige ou d'hébétude et de signifier «mal de tête», le mot yiddish *fartshadet* veut également dire «envoûté», «charmé» ou «ensorcelé». Le terme découle de la racine slave *chad*, c'est-à-dire «fumée» ou «étourdissement».

vzema mi uma *(bulgare)*

«Je suis fou de toi», «tu me rends fou». Rien ne nous est plus familier que la conception selon laquelle l'amour est plus fort que la raison. Les Bulgares, qui savent que l'amour peut faire perdre la tête, emploient l'expression *vzema mi uma*, «il (ou elle) a pris mon cerveau», pour parler d'une forte attirance dès le premier regard.

suki de tamaranai *(japonais)*

Cette expression, un Japonais l'emploie quand il aime tellement quelqu'un ou quelque chose qu'il finit par le détester. Un Français s'exclamerait: «Elle me rend fou!»

ich hab mich in dich vernarrt

(allemand)

« Je me suis entiché de toi » : en allemand, c'est la façon informelle de dire « je suis fou de toi ; je suis complètement sonné ; tu me fais tourner la tête ». Ou peut-être « je t'aime tant que j'en pète un câble » – mais à condition que l'acier nécessaire à la fabrication du filin en question provienne bien de la vallée de la Ruhr.

ya poteryal pokoy i rassudok *(russe)*

Cet équivalent russe de « fou amoureux » comporte un élément supplémentaire. Traduite littéralement, l'expression signifie « J'ai perdu paix et raison ». On ne perd donc pas uniquement sa tête mais également sa sérénité.

ya soshel s uma ot lyubvi *(russe)*

Dans toute la littérature, *Anna Karénine* est probablement la meilleure illustration des extrémités auxquelles on peut arriver par amour et, peut-être aussi, de la formule

ya soshel s uma ot lyubvi, « perdre la tête par amour ».
Mot pour mot, « je suis sorti de [mon] esprit à cause de
l'amour ».

rwy'n dwly arnat ti *(gallois)*

Ce « je suis stupide de toi », ajoute le gallois à la liste
des langues dans lesquelles les amoureux perdent toute
pensée rationnelle. Il n'y a donc pas qu'en français que
l'on devient « gaga »...

jō ga utsuru *(japonais)*

Signifiant littéralement « être empoisonné par les sentiments », la formule implique que la personne qui l'emploie est plus ou moins tombée amoureuse malgré elle,
peut-être à cause de la proximité.

Cœurs
battants

Courtiser, flirter ou séduire ?
(faire sa cour)

Au premier abord, il ne semble pas y avoir de grande différence entre courtiser, flirter et séduire. S'il est indéniable que ces trois types de comportement ont des choses en commun, mieux vaut néanmoins les voir comme les diverses facettes d'un même diamant. Ce qui est certain, c'est que l'on peut tous les classer sous l'onglet « Relations » dans le dossier « Humain ». Pourtant, à mieux y regarder, les différences sont flagrantes. Courtiser, flirter et séduire ne sont pas des étapes successives. Il s'agit, en vérité, d'activités bien distinctes. Comment pourrait-on considérer un seul et même homme à la fois comme « un parti sérieux », « un super-flirt » et « un séducteur » ? On aurait bien du mal à s'y retrouver !

Un homme qui fait sa cour – la plus noble de nos trois options – se présente toujours à l'heure sur le pas de votre porte, un joli bouquet à la main. Il porte une cravate. Non seulement il rencontre vos parents, mais il appelle votre père « Monsieur » et ne manque jamais de complimenter votre mère sur sa cuisine. Vraiment, il ne trouve pas du tout gênant (enfin, pas encore) que vous ayez exactement le même rire que votre mère. Il vous invite au restaurant. Il fait l'impossible pour vous convaincre que ses intentions sont honnêtes. Il aime les promenades dominicales et les dîners à la maison devant une vidéo : la répétition générale de votre future vie de couple. Il va même jusqu'à parler d'acheter un chiot.

S'il peut arriver que le flirt mène à la cour, il faut cependant le considérer avant tout comme une discipline olympique.

D'ailleurs, tous les quatre ans, on devrait réunir les meilleurs flirteurs de chaque pays pour une grande compétition. Bien sûr, ces champions olympiques ne seraient pas tenus de porter les traditionnels survêtements informes dont on affuble les athlètes. Spécialement pour eux, on concevrait des tenues plus proches de celles des patineurs artistiques (avec, espérons-le, un peu moins de paillettes – au moins pour les hommes). Ce contexte sportif nous aiderait probablement à mieux saisir la notion de récréation qui, pour de nombreux esprits, est inhérente à cette activité. De cette relation insouciante naissent parfois de plus grandes affinités, mais cela n'a vraiment rien d'une obligation.

La séduction, elle, est une bien plus sombre histoire. N'y cherchons ni les intentions honorables de la cour, ni l'esprit de consentement mutuel du flirt. On parle de flirter *avec* quelqu'un, alors que la volonté de séduire résulte d'une initiative individuelle. C'est une opération que l'on exerce sur vous, sans votre participation. Si quelqu'un a besoin de vous séduire, c'est que, dès le départ, vous ne vouliez pas forcément la même chose que lui, quelles que soient vos raisons. Quand on parle de séduction, il faut compter avec un élément de calcul, voire une touche de manipulation. Dans l'intention de pousser sa proie sur la voie qu'il a tracée, le séducteur s'évertue à tirer des ficelles – dont la malheureuse victime ignore bien souvent l'existence. En général, un flirt est plutôt inoffensif, alors qu'un séducteur est un vilain, très vilain monsieur, et une séductrice une femme dure et sans cœur. Votre fils ou votre fille pourrait certainement flirter devant vous (même s'ils frémiraient sûrement à cette idée) mais, pour séduire, on doit impérativement trouver le moment opportun et un lieu à l'abri des regards, baignant, de préférence, dans une lumière tamisée. Il faut en outre disposer d'au moins l'un des accessoires suivants : de l'alcool ; une très bonne chaîne stéréo ; un décolleté bordé de plumes de marabout.

amoroso *(italien)*

Ce terme, qui désigne évidemment « un amoureux », est aujourd'hui désuet au pays de Roméo et Juliette, où on lui préfère généralement *un uomo inamorato*, « un homme amoureux ». Qu'il est loin le temps où un Italien était un amoureux avant d'être un homme !

Frauendienst *(allemand)*

Formé à partir de *Frau*, « femme », et *Dienst* « service », ce terme désigne un sens chevaleresque excessif. En fait, *Frauendienst* est le titre d'un poème du milieu du XIIIe siècle, dans lequel Ulrich von Lichtenstein énumère les incroyables tâches que sa maîtresse lui impose. Par exemple, il se fait opérer de son bec-de-lièvre parce que sa mie n'apprécie pas son apparence. Il va même jusqu'à se couper un doigt le faire porter à la belle pour lui prouver qu'il est capable de souffrir pour elle.

billet-doux *(français et anglais)*

De nos jours, en Grande-Bretagne, cette locution française ne s'emploie plus généralement qu'avec humour mais il fut une époque où l'on ne plaisantait pas avec les *billets-doux*. En fait, en 1841, un manuel de conseils pour la rédaction du courrier (*Hints on Letter-Writing*) en parlait ainsi : « Par mesure de prudence, il convient de prêter grande attention aux promesses que l'on fait et de toujours prendre en compte la vérité et la raison. Quand un homme d'honneur fait sa cour, il doit toujours considérer qu'il s'engage sur le chemin du mariage et le prétendant ne doit en aucun cas promettre ce qu'il hésiterait à accomplir en tant que mari. » Autrement dit, un *billet-doux*, quelle que soit la quantité de mots tendres qu'il comporte, présente toujours le risque de se voir un jour transformé en contrat !

bi yue xiu hua *(chinois)*

Cette expression est tirée d'un célèbre poème chinois qui (comme beaucoup) décrit la beauté d'une femme. Son auteur suggère que la sublime créature dont il est question rayonne plus que la lune et que sa grâce l'emporte largement sur celle des fleurs (*Bi yue* signifie « près de la lune » et *xiu hua*, « honte aux fleurs »). Dans le même poème, un autre passage, *chen yu luo yan*, explique que le visage de cette femme est si incroyablement beau que le poisson disparaît dans les profondeurs et la grue s'envole hors du ciel, tant les pauvres bêtes redoutent la comparaison. Aujourd'hui, ces locutions s'appliquent aux femmes d'une beauté classique et élégante.

pelar la pava *(espagnol)*

Cette expression, qui se traduit littéralement par « plumer la dinde », signifie en réalité « conter fleurette devant une fenêtre ». Il est permis de douter de l'authenticité de l'histoire qui en serait à l'origine : un jour, une femme demanda à sa servante de plumer une dinde en vue d'un festin. La fille s'installa près de la fenêtre (peut-être pour avoir plus de lumière). Peu après, son amoureux vint à passer par là et aperçut à la fenêtre le charmant tableau que constituaient les plumes de dinde et sa bien-aimée. Il la rejoignit bien vite et ils se mirent à flirter. Conclusion : si quelqu'un vous propose de « plumer la dinde », sachez que vous serez toujours le bienvenu chez lui.

hacer un gancho *(espagnol)*

Cette locution – littéralement « fabriquer un crochet (ou un hameçon) » – signifie « donner rendez-vous à une personne que l'on ne connaît pas ». À chacun de décider s'il faut y voir l'image d'un asticot au bout d'un hameçon ou celle de l'un de ces crochets que l'on utilisait naguère pour faire descendre sur scène les acteurs de vaudeville.

aufreissen *(allemand)*

La traduction littérale de l'équivalent allemand de « emballer quelqu'un » (dans un bar, par exemple) est assez troublante : « ouvrir, déballer ». On a l'impression que la personne convoitée n'est rien de plus qu'une de ces boîtes d'olives ou de cacahuètes que l'on commande avec l'apéro… On notera également qu'il s'agit de l'exact contraire du français.

rimorchiare *(italien)*

En argot, ce verbe – qui se traduit littéralement par « remorquer » – signifie « emballer ». Il ne s'agit donc pas là de remorquer un véhicule en panne mais d'entraîner dans son sillage cette charmante créature qui est assise au bar.

comerle la oreja *(espagnol)*

Littéralement, « lui manger l'oreille » ; en réalité, « draguer quelqu'un ». Telle est, d'un point de vue masculin,

l'approche qu'ont les Espagnols du verbe «manger».
Comer, en argot, implique une idée de perseverance.
La locution *poner el anzuelo*, qui se traduit par «poser
l'hameçon», signifie, en fait, «voir régulièrement une
personne pour qui on a un faible et lui faire comprendre
que l'on est intéressé».

hiza o majieru *(japonais)*

Cette expression signifie «avoir un tête-à-tête». Cependant,
les mots japonais ont souvent une multitude de sens différents. Le degré d'intimité de la conversation en question
est clairement indiqué par la traduction littérale de la
formule: «se mélanger les genoux».

xiyyet *(dardja, Algérie)*

En Algérie, lorsqu'on dit qu'un homme est en train de
coudre – *xiyyet* –, c'est qu'il essaie de séduire une fille,
en particulier par la parole.

é boa / bom como o milho *(portugais)*

Au Portugal, ne soyez pas déconcerté si l'on vous dit que «vous êtes bon comme le maïs» – il faut comprendre «vous êtes très beau». De même, une femme n'a pas besoin de gifler l'homme qui la qualifie de *miúda grossa*. Cette locution, qui s'emploie principalement dans le nord du pays, se traduit littéralement par «épaisse enfant» mais signifie en réalité «belle jeune fille».

Schnitte *(allemand)*

Littéralement, *Schnitte* signifie «tranche de pain» et hommes et femmes l'emploient pour décrire une très belle personne – ce substantif de genre neutre pourrait se traduire en français par «canon» ou «bombe», par exemple. Les Allemands ne sont pas les seuls à utiliser cette métaphore. En Portugais, on dit *é um grande pão* – «c'est un gros pain» – pour parler d'un homme séduisant.

Cupid's bow *(anglais)*

Cet « arc de Cupidon » correspond au très sensuel positionnement des lèvres que nous appelons en français « la bouche en cœur ».

LA PARADE NUPTIALE

Le verbe « courtiser » a beau être démodé, les usages et les rites auxquels il est associé nous fascineront toujours. Dans ce domaine, on a beaucoup écrit (avec plus ou moins d'exacti-tude) sur les traditions des autres cultures.

Par exemple, on dit qu'à Tenejapa, une commu-nauté maya située près du Chiapas, au Mexique, un garçon commence sa cour en jetant des peaux d'orange sur l'objet de son affection ; elle lui répond en lui lançant des pierres – un comportement qu'un Occidental ne s'attendrait pas à trouver ailleurs que dans une cour de récréation.

Chez le peuple hmong, en Asie du Sud-Est, la coutume voudrait qu'au jour de l'an garçons et filles s'envoient des ballons pour montrer l'intérêt qu'ils se portent.

Il paraît qu'à Ibouzo, au Nigeria, si un homme parvient à couper une mèche, même petite, des cheveux d'une fille, cette dernière devient automatiquement sa fiancée et n'a, par conséquent, plus le droit d'épouser un autre homme.

Selon un récit de voyage en Chine datant de 1830, on arrangeait les mariages alors que les futurs époux étaient encore enfants. Cet engagement ne devenait officiel que lorsqu'on avait signé un contrat tout en mâchant des feuilles de bétel — cette plante jouant un rôle prépondérant dans l'affaire (de même, un observateur de la vie moderne occidentale pourrait postuler qu'aucune cour ne commence sans le rite de la tasse de café !).

Dans l'Antiquité, les Scythes avaient, paraît-il, un rite qui donnait sa chance à tout le monde :

l'homme qui désirait une femme devait l'affronter en combat singulier. S'il gagnait, la femme devenait son épouse et son esclave mais si elle l'emportait, c'était l'homme qui était réduit à l'esclavage.

Selon une source de 1855, une « tribu indienne » dont on ignore le nom avait pour coutume que le « brave » qui désirait prendre une femme pour épouse entre dans le « wigwam » de celle-ci une bougie à la main. Si elle soufflait pour l'éteindre, il fallait considérer cela comme un consentement.

Le mâle occidental a tendance à courtiser en contrebas : l'amoureux chante ou joue sa sérénade, à la nuit tombante, sous les fenêtres de sa bien-aimée. La ritournelle du galant, que l'on appelle *Ständchen* en allemand et *serenada* en italien, doit sa célébrité universelle au *Roméo et Juliette* de Shakespeare.

Il serait tentant de spéculer sur la manière dont les archéologues et les anthropologues d'un futur lointain interpréteront nos usages actuels. Les sites de rencontre sur Internet seront-ils vus comme des entremetteurs rituels, sans lesquels les jeunes gens auraient été incapables de faire connaissance ? Le t-shirt préféré que l'on emprunte à l'être aimé sera-t-il mis au même niveau que la bague en diamant, puisque dans un cas comme dans l'autre, leur restitution signifie la fin de la relation ?

mei mu chuan qing *(chinois)*

Cette locution qui signifie « les sourcils et les yeux communiquent l'amour » s'emploie là où des francophones parleraient d'« œillades » ou de « regards langoureux » – lorsque les yeux transmettent ce que les mots sont incapables d'exprimer.

ligar *(espagnol)*

En espagnol moderne, le verbe *ligar* (littéralement « lier, ligoter ») est à rapprocher du français « emballer ». *Un ligón de playa* correspond donc mot pour mot à « un dragueur de plage » (que les Anglais, eux, appellent « un requin de plage », *beach shark*). Pour désigner un séducteur invétéré, on peut également utiliser le terme beaucoup plus charmant de *picaflor*, « cueilleur de fleurs ».

kamaki *(grec)*

Le « harpon » est un homme qui passe son temps à « pêcher » les jeunes filles – un coureur de jupons, quoi.

pokata *(finnois)*

Ce mot signifie aussi bien « se courber » (dans le sens de faire une révérence) que « emballer ». Et, bien qu'on ne puisse pas considérer l'explication du langage figuratif comme une science exacte, on voit bien ici le lien entre les deux sens : lorsque l'on invite une fille à danser (une technique de drague très courante), on se penche toujours un peu.

bercumbu-cumbuan *(indonésien)*

La drague est constituée de quatre-vingt-dix pour cent de paroles et dix pour cent d'action. *Bercumbu-cumbuan*, « la drague » en indonésien, signifie littéralement « tendre discours » ou « mots d'amour ».

een beschuitje met hem willen eten *(néerlandais)*

Littéralement, « je veux manger une biscotte avec lui » – « lui » ne désignant pas n'importe qui mais, plus précisément, un beau jeune homme. Sous sa forme « je mange-rais bien une biscotte avec toi », la phrase pourrait s'apparenter à « qu'est-ce que tu prends pour le petit déjeuner ? » lorsque la question est posée dès la veille au soir. La formule est tirée d'une célèbre publicité pour la marque hollandaise Bolletje ; en outre on notera que, l'achat des aliments du petit déjeuner étant souvent une tâche féminine, ce sont surtout les femmes qui l'utilisent en s'adressant aux hommes.

faire la coquette *(français)*

On dit qu'une femme « fait la coquette » quand elle déploie un arsenal d'artifices pour stimuler les sentiments ou la sensualité d'autrui : autrement dit, une invitation à l'amour. Ce qui est amusant, c'est qu'étant donné l'image stéréoty-pée qu'ont souvent les étrangers des françaises, ils s'éton-nent que ces dernières ne prennent pas cette remarque comme un compliment. À noter que les Espagnols ex-priment la même idée avec le verbe *coquetear*.

fusto *(italien)*

Si, sur une *piazza* italienne ensoleillée, vous apercevez un homme en tenue voyante en train de jouer les machos d'une façon ou d'une autre (démonstration de force physique, étalage d'un véhicule puissant, etc.), vous pouvez, sans vous tromper, le traiter de *fusto* avec autant de dédain que vous le souhaitez. Littéralement, le mot signifie « tige » ou « tronc » mais peut également désigner un… « bidon ».

honeyfuggler *(anglais américain)*

Un *honeyfuggler* est un flatteur, quelqu'un qui embobine les autres avec de douces paroles (d'où *honey*, « miel »). Le *honeyfuggling* (on rencontre parfois également *honeyfuddling*) est une démonstration publique d'affection. Il arrive parfois que les baisers durent si longtemps que quelqu'un dira peut-être *he's kissing her like a cow pulling her foot out of the mud*, « il l'embrasse comme une vache dégage son sabot de la boue » – c'est-à-dire lentement et avec moult bruits de succion.

ir embalado hacia alguien (espagnol)

Cette locution signifie « aller vers quelqu'un tout emballé/empaqueté » et équivaut plus ou moins au français « se jeter dans les bras de quelqu'un » ou « s'offrir sur un plateau ». On l'utilise lorsqu'une personne se précipite tout droit vers quelqu'un qu'elle trouve vraiment très attirant.

Schwarm (allemand)

Schwarm est un terme familier qui sert à décrire une attirance irrésistible pour quelqu'un – comme la mouche est attirée par la confiture, selon le cliché français.

tipyn o foi / tipyn o erch (gallois)

Littéralement, ces deux expressions, *tipyn o foi* et *tipyn o erch* signifient respectivement « un petit bout de gars » et « un petit bout de fille ». Elles s'appliquent à des personnes aussi séduisantes que volages.

Le langage des fleurs

Le langage des fleurs viendrait, paraît-il, d'Orient, où les femmes étaient souvent recluses. En cryptant leurs messages grâce à des bouquets de fleurs, ces dernières pouvaient communiquer alors que l'écriture s'avérait inefficace à cause des risques d'interception et de l'illettrisme. En 1718, lady Mary Wortley Montague, épouse de l'ambassadeur de Grande-Bretagne à Constantinople, envoya à son amie lady Rich un parfait exemple de « lettre d'amour turque » (c'est-à-dire, un message dans lequel des végétaux et/ou des minéraux remplacent les mots), au sujet de laquelle elle écrivait : « Il n'est pas une couleur, pas une fleur, pas une mauvaise herbe, pas un fruit, pas une herbe, pas un caillou, pas une plume qui ne soit associé à un vers ; et l'on peut donc se disputer, adresser des reproches ou envoyer des lettres d'amour, d'amitié ou de simple courtoisie sans se renverser la moindre goutte d'encre sur les doigts. » Apparemment, le langage des fleurs aurait commencé à se répandre en France grâce à Aubrey de La Mortraie qui avait suivi Charles XII de Suède dans son exil en Turquie.

Le langage des fleurs a atteint le sommet de sa popularité au XIXe siècle, à l'époque où toute petite fille bien élevée apprenait que l'aspho-dèle signifiait « mes pensées te suivent au-delà de la tombe » et où il était fort malvenu pour un soupirant de confondre le tradescantia (« estime, et non amour ») avec le phlox (« nos âmes ne font qu'une »).

Il était alors d'usage de composer des bouquets avec des fleurs soigneusement choisies et de les envoyer pour avouer ses sentiments secrets ou même déclarer une flamme passagère. De nos jours, peu de gens tiennent compte du langage des fleurs lorsqu'ils choisissent un bouquet, mais certaines connotations ont survécu : on préfère toujours les roses rouges pour déclarer son amour (et, moins souvent, les jaunes pour exprimer son amitié). Ainsi, les bouquets de mariage sont souvent constitués de gypsophiles brouillard, de fougères et de roses. Les roses symbolisent évidemment l'amour, les gypsophiles son caractère éternel et les fougères la sincérité. Voici quelques équivalences parmi les plus courantes :

Acacia : *Amour secret*

Ambroisie : *Amour retrouvé*

Anémone : *Amour qui ne s'estompe pas*

Arbousier : *Amour éternel*

Asclépiade tubéreuse : *Laissez-moi partir*

Campanule : *Constance*

Chrysanthème jaune : *Amour contrarié*

Chrysanthème rouge : *J'aime*

Cléome : *Enfuyons-nous pour nous marier*

Fougère : *Sincérité*

Glaïeul : *Coup de foudre*

Gui : *Embrassez-moi*

Gypsophile brouillard : *Amour éternel*

Jonquille : *Retour d'affection*

Lychnis : *Voulez-vous danser avec moi ?*

Myosotis : *Herbe d'amour, ne m'oubliez pas*

Myrte : *Amour, symbole hébraïque du mariage*

Œillet jaune : *Refus*

Œillet rouge : *Mon cœur souffre pour vous*

Œillet rose : *Je ne vous oublierai jamais*

Orchidée : *Amour, beauté*

Rose blanche : *Amour éternel*

Rose rouge : *Amour*

Tournesol : *Adoration*
Tulipe jaune : *Amour désespéré*
Tulipe rouge : *Déclaration d'amour*
Tradescantia : *Enfuyons-nous
pour nous marier*
Trèfle à quatre feuilles : *Soyez mien,
soyez mienne*
Violette : *Vous occupez mes pensées*

du hast mir den Kopf verdreht
(allemand)

Cette locution signifie littéralement « tu m'as retourné la tête ». Impossible de détourner le regard de l'objet de son affection. En français, on dit aussi d'une personne attirante qu'elle vous « tourne la tête », mais celui dont on a tourné la tête a été mené en bateau, ce qui implique des effets négatifs qu'il n'apprécie pas forcément.

ik zou je op kunnen vreten (néerlandais)

Ik zou je op kunnen vreten signifie « je pourrais me gaver de toi ». Autrement dit, non seulement on a envie de vous manger tout entier mais on estime que vous êtes si délicieux qu'on s'en ferait éclater la panse.

há mouro na costa (portugais)

« Il y a un Maure sur la côte ! » S'il s'agit, de toute évidence, d'un cri d'alerte – les Maures envahirent pour la première fois le Portugal en l'an 711 et occupèrent Lisbonne et le reste du pays jusqu'au XIIe siècle, celui-ci annonce aujourd'hui non pas une invasion de Sarrasins, mais bien celle de l'Amour.

plámásach *(irlandais)*

Ce verbe signifie « flatter » et décrit les flagorneries totalement disproportionnées que seul un Irlandais à l'œil pétillant est capable de vous sortir. Vous savez très bien qu'il n'en pense pas un mot mais ça fait toujours plaisir ! (Dans un contexte professionnel, ce terme veut également dire « fayoter » ou « faire du lèche-bottes »).

jemanden mit Haut und Haar auffessen wollen *(allemand)*

Cette expression assez dérangeante se traduit littéralement par « vouloir manger quelqu'un avec sa peau et ses cheveux ». Il faut comprendre que l'on n'est jamais rassasié de la personne dont on a envie de se délecter. Cette locution n'est pas sans évoquer le français « manger tout cru ».

tha se fao *(grec)*

Tha se fao se traduit par « Je vais te manger ». Cette
locution, elle aussi assez proche du français, signifie que
l'être aimé est absolument irrésistible. Elle ne s'emploie
que dans l'intimité du couple. Il existe également une
expression assez proche en anglais : *I could just eat you
up*, mais elle s'applique plutôt aux petits enfants, aux
bébés animaux, etc., et pourrait se traduire par « tu es à
croquer ».

abrasarse vivo *(espagnol)*

Cette expression espagnole signifie littéralement « brûler
vif ». Dans ses écrits, La Fontaine fait d'ailleurs mention
d'une histoire espagnole, qu'il affectionnait particulièrement, dans laquelle un jeune homme met le feu à la maison
de celle qu'il aime afin d'avoir un prétexte pour la prendre
dans ses bras en la tirant des flammes. Voilà un bel exemple de « brûlante passion » et… d'incendie criminel.

estar tísico / consumido de amor
(espagnol)

Estar tísico (« phtisique », « tuberculeux ») et *estar consumido de amor* ressemblent au français « se consumer d'amour » et font évidemment référence à une brûlante passion. Sachant que l'excitation fait monter la pression sanguine, il n'est pas impossible que cette locution repose principalement sur un constat purement biologique. Aurions-nous enfin découvert la raison pour laquelle la métaphore de l'amour brûlant se retrouve dans de si nombreuses langues ?

patimă *(roumain)*

En roumain, *patim* signifie aussi bien « passion » que « vice, sale habitude ». Par conséquent, la personne que l'on aime avec *patim* est soit une passion, soit... une drogue.

naazet-ra beram/naazat-ra beravam
(persan)

Cette Iranienne que l'on aime est si élégante, si enchante-resse et si ravissante que même sa fausse timidité et sa coquetterie sont acceptables.

duo ru qing wang *(chinois)*

Lorsqu'un Chinois est «tout au fond du filet de l'amour», c'est qu'il est profondément amoureux – il est pris au piège et ne peut en sortir, qu'il le veuille ou non.

seykhl *(yiddish)*

Littéralement «bon sens». Ce trait de caractère est considéré comme essentiel chez un séduisant jeune homme juif. Une conception certes pas particulièrement romantique, mais extrêmement raisonnable. (Cependant, celui qui a un *seykhl* de Vayzoso n'a strictement aucun bon sens. Vayzoso est, en effet, une déformation du nom de Vayezatha, le plus jeune fils de Haman, l'instigateur du massacre des Juifs dans le Livre d'Esther. Vayezatha assista à la pendaison de tous ses frères en attendant son tour sans essayer de prendre la fuite.)

yasashii *(japonais)*

Cet adjectif, qui se traduit approximativement par « tendre », « attentionné » ou « doux », définit ce que tout Japonais romantique, fille ou garçon, recherche chez un compagnon – tout le contraire du machisme ou de la coquetterie exacerbée.

un beso de 45 *(espagnol)*

Littéralement « un baiser de 45 », c'est-à-dire un baiser qui dure aussi longtemps qu'un 45 tours (pour ceux qui se poseraient la question, un 45 tours pouvait durer jusqu'à cinq minutes trente). L'équivalent du verbe familier français « se bécoter » est *morrearse*. En anglais, on dirait probablement *to knock chins*, « s'entrechoquer les mentons » – ce qui n'aurait rien d'étonnant chez ces amateurs de rythmes endiablés !

hacer manitas *(espagnol)*

Cet idiome espagnol se traduit par «faire les petites mains». En effet, au tout début d'une relation, les amoureux, ne supportant pas d'être séparés physiquement, se tiennent constamment par la main.

pitsounakia *(grec)*

On parle de «petits pigeons» en voyant un couple se livrer à des démonstrations publiques d'affection ou, à l'inverse, s'isoler volontairement des regards. D'une façon comme de l'autre, ils ignorent le reste du monde. Bref, de vrais tourtereaux…

melaut *(indonésien)*

Ce mot sert à décrire deux personnes tellement absorbées l'une par l'autre qu'elle ne prêtent plus la moindre attention aux autres. Il se traduit par «navigation».

beth amdanon ni'n mynd lan lloffit ? *(gallois)*

En France, pour éviter de faire une proposition sexuelle trop directe, on a parfois recours à des phrases telles que « Tu veux monter boire un dernier verre ? ». La langue galloise ne semblant disposer d'aucun terme pour le mot « sexe » (dans le sens de « rapports sexuels »), c'est par la formule « Et si on allait à l'étage ? » que l'on propose élégamment une nuit de passion. Il va sans dire que l'existence d'un véritable étage n'a absolument rien d'indispensable.

ty menya prigubil *(russe)*

Littéralement, « tu as bu une gorgée de moi ». En Russie, telle est la façon de confirmer à la personne qui voulait vous séduire qu'elle y est parvenue.

scopare *(italien)*

On ne s'étonnera pas de trouver en italien trente-six manières d'évoquer la sexualité. Bien sûr, comme en français, les mots sont plus ou moins crus. *Scopare* signifie « balayer » (le balai est évidemment associé à un autre ustensile). *Trombare*, « jouer de la trompette » est une autre façon de le dire (et évoque une autre pratique) et *ciulare*, une troisième. *Abbiamo trombato come ricci* est l'une des plus vulgaires : alors que les Français peuvent faire ça « comme des lapins », les Italiens, eux, le font « comme des hérissons » – ce dont on pourrait déduire que la passion l'emporte sur certaines défenses naturelles.

entyi-pentyi *(hongrois)*

Ce mot, qui n'a pas de traduction littérale, désigne le consentement mutuel entre amis. Il peut également s'écrire *entyiem-pentyiem*.

LE BAISER

Une chanson de Louis Armstrong, *A Kiss is just a Kiss*, a beau affirmer qu'un baiser n'est jamais rien qu'un baiser, on n'en a pas moins toujours eu du mal déterminer l'étendue de ses pouvoirs. Marque d'amour, d'affection ou de respect, il n'est parfois qu'une simple forme de salutation. Les joueurs embrassent leurs cartes pour attirer la chance ; les mamans embrassent les genoux écorchés pour faire partir la douleur ; à la cour du roi de France, les pages embrassaient tout ce qu'ils devaient porter. Et si un baiser peut réveiller la Belle au bois dormant, on parle aussi de « baiser de la mort ».
Les Romains baisaient la toge et les bagues de leurs dirigeants, ainsi que les statues de leurs

dieux, en signe de soumission et de déférence. Il existait trois types de baisers : l'*osculum*, baiser d'amitié ; le *basium*, le baiser de passion ; et le *savium*, qui fait appel à la langue et que les anglophones appellent *French kiss*. Cela n'empêcha pas le censeur Caton d'expulser du Sénat un certain Manilius qui avait embrassé son épouse en public (il s'agissait vraisemblablement d'un *basium* ou d'un *savium*). Plutarque, tout en trouvant que Caton avait été trop dur, n'en pensait pas moins que, quelles que soient les circonstances, il était dégoûtant de s'embrasser en présence d'un tiers (Caton, de son côté, expliqua qu'il n'avait jamais embrassé sa femme, si ce n'est après un coup de tonnerre particulièrement bruyant).

Dans l'histoire biblique de Jacob et Ésaü, ce dernier accueille son frère – qui a usurpé son droit d'aînesse – avec un baiser. Dans la version en hébreu de la Torah, les lettres qui composent le mot *vayishakehu* (qui signifie « et il l'embrassa »), sont surmontées de points ; on suppose que ces point indiquaient que l'on s'interrogeait sur la sincérité du baiser d'Ésaü. En fait, certains juifs slaves utilisent l'expression « un baiser avec des points au-dessus » pour désigner un baiser qui manque de sincérité.

Apparemment, la coutume d'embrasser les pieds du pape remonterait au VIIIe siècle, à l'époque où le pape Léon III estima qu'une femme lui avait trop serré la main en la baisant (conformément à l'usage de l'époque). Pour éviter que l'on prenne de nouveau de telles libertés, il se coupa la main et, dès lors, présenta son pied à la place. (On dit que la main serait devenue une sainte relique, restée intacte pendant des siècles, mais elle a aujourd'hui disparu.)

Une superstition veut que si vos lèvres vous démangent, c'est que vous êtes sur le point d'embrasser quelqu'un. Cependant, un baiser peut se faire sans la bouche. On en envoie avec les mains, on se fait des bisous de papillon, en faisant battre ses cils sur la joue de l'autre, ou on échange des baisers eskimos qui se font du bout du nez, sans la moindre intervention des lèvres. Selon un ouvrage de 1903 consacré aux usages, un baiser sur les lèvres exprime l'amour ; un baiser sur le front, le respect de l'intellect ; sur la joue, l'admiration de la beauté ; sur la main, la timidité et l'égard ; et sur le nez, la gaucherie — ce qui, dans le cas du dernier, reste vrai aujourd'hui.

voetje vrijen *(néerlandais)*

Ce verbe néerlandais, dont le sens littéral est « faire l'amour avec les pieds », se traduit tout bêtement par « se faire du pied ».

luí le chéile *(irlandais)*

Littéralement : « étendus ensemble ». Il s'agit d'un euphémisme pour « faire l'amour ».

die Bettgeschichte *(allemand)*

Cette « histoire de lit » – comme celles que l'on raconte aux enfants avant qu'ils s'endorment – désigne figurativement une aventure d'un soir.

la petite mort *(français)*

À l'origine, c'était une expression médicale qui désignait un état épileptique caractérisé par des crises d'évanouissement, d'étourdissement et de frissons nerveux. Ces symptômes sont souvent associés à l'amour et c'est pro-

bablement pour cette raison qu'on appelle aujourd'hui
« petite mort » la jouissance sexuelle.

hana kalakalai *(hawaïen)*
Les Hawaiiens parlent de « cisèlement » (pierre, métal...)
ou de « découpage » (viande...) pour évoquer toute sorte
d'histoire d'amour légère. La manière hawaïenne de
« faire dans la dentelle », en quelque sorte.

`ashiqa *(arabe)*
Ce verbe s'emploie pour parler de rapports sexuels
illicites, c'est-à-dire extraconjugaux ou prénuptiaux.
On comprend facilement l'importance d'un verbe aussi
net et précis dans des cultures où ce type de comportement peut avoir de très graves conséquences.

ci facciamo della storie *(italien)*
Cette phrase se traduit littéralement par « nous avons
des histoires » mais signifie en réalité (au moins dans le

nord de l'Italie) : « nous avons une aventure ». C'est le genre de paroles que l'on prononce devant un café avec un léger haussement d'épaules : « Qu'est-ce qui se passe entre Anna et toi ? – Oh, nous avons des histoires ».

red in the comb *(anglais américain)*
Cette expression, « rouge de la crête », signifie « impatient de se marier », particulièrement pour les veufs ou les veuves à la recherche d'un second mariage. Elle vient peut-être du fait que les poules ont la crête qui rougit quand elles pondent.

Cœurs brisés

Quand l'amour fait mal

(rupture et peines de cœur)

L'un des pionniers de la psychologie amoureuse, l'Allemand Adolf Horwicz (1830-1894), fit l'observation suivante : « L'amour ne peut être excité que par de vives et puissantes émotions, et il est pratiquement impossible de déterminer si ces dernières sont agréables ou désagréables. » Il poursuivait en signalant au passage que le Cid, par exemple, avait gagné le cœur de Chimène, sa future femme, en abattant un par un ses pigeons domestiques. De nos jours, contrairement aux héroïnes médiévales, nous ne trouvons plus la cruauté envers les animaux particulièrement séduisante. En revanche, l'idée que l'amour est indissociable de la douleur perdure. Le concept de « *limerence* » est apparu dans les années 1960, dans les travaux du docteur Dorothy Tennov. Il s'agit d'un engouement incontrôlable pour une autre personne, une obsession qui se nourrit d'un balancement continuel entre espoir et désespoir, du fait que le sujet doute constamment de sa position par rapport à l'objet convoité.

En plus des tourments de l'incertitude – le vacillement entre « il m'aime » et « il ne m'aime pas », entre la joie et l'accablement –, on peut souffrir de sa propre vulnérabilité face à l'être aimé : dans *Le Tombeau de Palinure*, Cyril Connolly écrit : « Il n'est plus grande douleur que celle que deux amants peuvent mutuellement s'infliger. » Il ne faut oublier ni la souffrance de la jalousie (que Milton appelait « l'enfer de l'amoureux blessé »), ni celle de la perte. Pourtant, rares sont ceux qui n'approuveraient pas John Dryden dans ces vers :

Plus douces sont les douleurs de l'amour
Que tous les plaisirs alentour

Les maux d'amour s'expriment parfois physiquement, et pas seulement sur le plan métaphorique : une vieille superstition anglaise voulait qu'un saignement de nez soit signe d'amour ; cela signifiait plus précisément que l'on était amoureux d'une personne présente. On pensait également que l'achillée millefeuille permettait de savoir si l'on était aimé ou non ; lorsqu'on saignait du nez, il était d'usage de tenir cette plante à la main en prononçant les mots suivants :

Si mon amour m'aime, que mon sang coule maintenant ;
Si mon amour ne m'aime pas, il n'en tombera pas une goutte ;
Si mon amour m'aime vraiment, je saignerai jusqu'à la dernière goutte.

Bien sûr, il arrive que le dépit amoureux conduise certains à réussir des choses qui n'ont rien à voir avec les sentiments : Mazeppa, héros d'une œuvre de Pouchkine et d'un poème de Victor Hugo, commença comme page à la cour de Pologne – un page assez téméraire pour avoir une aventure avec la femme d'un comte. Courroucé, ce dernier fit attacher sa femme, nue, sur le dos d'un cheval que l'on chassa de la ville à coups de fouet. L'animal galopa jusqu'en Ukraine, où il finit par mourir d'épuisement. Mazeppa, tirant le meilleur parti de cette situation, gagna l'amitié des Cosaques (qui laissaient probablement souvent leurs femmes seules à la maison) et devint ensuite le *hetman* d'Ukraine – c'est-à-dire le gouverneur. De page à prince... et tout ça par amour.

dare il pacco a qualcuno *(italien)*

«Donner le paquet à quelqu'un», c'est lui poser un lapin. Si vous êtes la malheureuse personne condamnée à attendre vainement, la locution qui s'applique à votre cas est *prendere il pacco micidiale*, «prendre le paquet fatal». Un exemple de situation dans laquelle il est plus désagréable de prendre que de donner.

tirare il bidone a qualcuno *(italien)*

Voici une autre façon de dire «poser un lapin» (ce qui tendrait à prouver que les Italiens passent beaucoup de temps à regarder leur montre au coin des rues). Cette fois, on «lance le bidon» à sa victime. Quant à ce que l'on peut bien faire d'un bidon en attendant quelqu'un qui n'arrive pas, nul ne le sait.

poser un lapin *(français)*

La pauvre bête a, semble-t-il, toujours été associée à des pratiques peu recommandables. Dans les années 1880,

avant de prendre son sens actuel, l'expression signifiait
« ne pas payer les services d'une prostituée ».

no comerse una rosca *(espagnol)*

Cette expression peu élégante se traduit par « ne pas
manger une couronne (de pain) » et s'emploie quand on
n'a pas réussi à rentrer avec le moindre numéro de télé-
phone après toute une nuit dehors – quand on n'a « pas
fait une touche », quoi.

tirarsela *(italien)*

Ce verbe (littéralement : « se la tirer ») s'applique à quelqu'un
qui a une opinion un peu trop haute de lui-même, ce qui
n'est pas sans évoquer le français « se la jouer », « se la
raconter », voire « se la péter ». Il s'emploie également
pour parler des prétendants indésirables.

llevar a alguien al huerto *(espagnol)*

Littéralement : « mener quelqu'un au verger ». Cette

locution englobe toutes les dispositions que l'on prend pour attirer un représentant du sexe opposé, depuis la petite touche supplémentaire de mascara jusqu'à une audace bien assumée. On ignore si le verger est celui dans lequel Ève offrit à Adam le fruit défendu.

dostac czarną polewkę (polonais)

Littéralement : « se voir servir de la soupe noire ». Un homme emploie cette expression quand une femme refuse ses avances. Traditionnellement, lorsqu'un soupirant rendait visite aux parents d'une jeune fille qui lui plaisait et qu'on lui offrait une soupe noire (*czernina*), au sang d'oie ou de canard, le message était clair : les parents désapprouvaient. Si c'était un autre plat, n'importe lequel, l'homme pouvait raisonnablement penser qu'il était autorisé à continuer sa cour. La coutume n'a survécu que métaphoriquement. La soupe noire est, paraît-il, délicieuse – mais probablement pas dans ce contexte précis.

Amour et métaphores

Comme s'en souviennent tous ceux qui en ont
bavé à l'école, la métaphore est une figure de
rhétorique par laquelle des termes ou expressions généralement réservés à un sujet précis
sont employés pour parler d'un autre. Une
grande partie du vocabulaire figuratif, de nombreux mots d'argot et une ribambelle d'idiomes
peuvent être considérés comme métaphoriques :
« la dernière ligne droite » ; « son bureau est une
forteresse » ; « elle avait un pied dans la tombe ».
Les métaphores peuvent également être systé-
matiques, lorsque l'on parle couramment d'une
chose comme s'il s'agissait d'une autre. Dans le
domaine des affaires, par exemple, un projet
qui se déroule moins bien que prévu a *du plomb*

dans l'aile (comme un oiseau blessé) ; un autre qui connaît un essor inespéré a *le vent en poupe* (tel un voilier qui avance bien) ; alors que celui qui n'évolue dans aucune de ces directions reste *au point mort* (ainsi qu'une voiture à l'arrêt).

Le frisson que nous ressentons en découvrant des locutions « intéressantes » dans des langues étrangères est, en grande partie, dû au fait qu'elles usent de métaphores différentes des nôtres. S'il est possible en français d'être « vert de rage » ou « vert de jalousie », en anglais cette couleur est strictement réservée au second cas. Pour la colère, on sera généralement *black with anger* (dans une « colère noire » ?), voire rouge ou blanc, mais certainement pas vert. Cependant, en matière d'amour, certaines métaphores sont si évidentes qu'elles existent dans de nombreuses langues.

Ainsi, selon une opinion répandue pratiquement partout sur la planète, « l'amour, c'est la guerre » : il s'est *emparé* de son cœur ; elle est connue pour ses nombreuses *conquêtes* ; il *meurt* d'amour pour elle.

On parle également de l'amour comme d'un voyage. Un couple peut *rencontrer des écueils*, *partir à la dérive*, ou même *faire naufrage*. Il connaît parfois *des incidents de parcours*. Et il arrive malheureusement que la relation *n'aille nulle part* et que chacun doive *suivre sa propre route*.

Et, bien que « l'amour ne se mange pas en salade », il arrive qu'on en parle comme d'une simple denrée. Vous pouvez offrir votre cœur tout entier mais cela n'empêche pas que l'on puisse également vous le voler.

Qu'on le compare à la guerre, aux affaires ou à quelque force irrésistible, le sentiment amoureux est toujours le même ; seuls les « mots pour le dire » diffèrent, mais d'une façon infiniment passionnante, et les images qu'ils véhiculent sont d'une richesse inouïe.

luddevedu *(néerlandais)*

Ce terme vient de *liefdesverdriet*, «tiraillements d'amour», et s'emploie pour parler du chagrin que peut ressentir quelqu'un (généralement un autre que soi) face à un amour perdu. C'est moins grave que d'avoir le cœur totalement brisé : de petits tiraillements, et non un grand vide béant.

een blauwtje lopen *(néerlandais)*

Aux Pays-Bas, lorsqu'on vient d'essuyer un refus en amour, on dit que l'on «promène un petit bleu» ; à rapproche des «bleus» québécois, traduction littérale de *blues*.

i kardia mou ekhi gini thripsala *(grec)*

«Mon cœur est en fragments» est l'expression dont usent les Grecs pour dire «Tu m'as brisé le cœur !». Il arrive cependant que les dégâts ne se limitent pas au cœur : on entend également *me ekane khilia komatia*, «il (ou elle) m'a laissé(e) en mille morceaux».

mi-ai frânt inima *(roumain)*

Les Roumains ne se contentent pas d'avoir le cœur brisé (comme dans la locution *mi-ai rupt inima*) : il peut encore être déchiré ou dépecé (*frânt*).

naglili- *(inuktitut, inuit de l'Arctique oriental canadien)*

Naglili- est la racine du mot « amour » en inuktitut. Les experts pensent qu'elle découle de la racine protolinguistique *nanglheg-*, qui signifie « avoir pitié de » (cette dernière étant par ailleurs liée à une racine encore plus basique, *nanget-*, « terminer », qui s'utilise également pour dire « être malade » ou « souffrir »). Nous découvrons ainsi que, même chez les Eskimos d'autrefois, l'amour pouvait faire mal.

fordolked of luf-daungere *(moyen-anglais)*

Ces mots sont extraits de *Pearl*, un poème allégorique rédigé en moyen-anglais. Conformément à la tradition d'une grande partie de la poésie médiévale, l'être aimé est associé au Christ et inspire une dévotion quasi religieuse. Ici, il faut comprendre « mortellement blessé par le pouvoir de l'amour ».

estoy hecho (hecha) polvo *(espagnol)*

Alors que certains s'effondrent ou s'écroulent, les Espagnols « deviennent poussière » lorsqu'ils sont dévastés par une rupture.

mă sting fără iubirea ei/lui *(roumain)*

Cette phrase signifie littéralement « je m'éteins sans son amour ». Elle sous-entend donc que l'autre n'alimente pas seulement l'amour mais toute l'existence.

patah cinta *(indonésien)*

Lorsqu'un Indonésien connaît une déception amoureuse, il dit qu'il est *patah cinta*, ce qui se traduit littéralement par « brisé par l'amour ».

òk hàk *(thaïlandais)*

En Thaïlande, comme dans beaucoup d'autres pays, le cœur est métaphoriquement considéré comme le siège des sentiments amoureux. Dans *òk hàk*, ce muscle est littéralement « brisé ».

tsebrochen *(yiddish)*

Tsebrochen, c'est avoir le cœur « totalement » brisé, précise-t-on, ce qui implique non seulement qu'il est cassé en plusieurs morceaux, mais encore qu'il en manque. Un *tsebrochener* est une personne brisée, à mille lieues de la plénitude.

dar calabazas a alguien *(espagnol)*

En Espagne, lorsqu'on « donne des calebasses à quelqu'un », c'est que l'on refuse ses avances ou qu'on le plaque.

to give someone the mitten *(anglais)*

Si en France les prétendants qui essuient un refus « se prennent une veste », c'est parce que tout ce qu'il leur reste à voir, c'est le dos du vêtement de l'objet de leur désir qui s'éloigne. Il existe en anglais une vieille expression équivalente : « donner la mitaine à quelqu'un ». Pourquoi une mitaine ? Peut-être parce que pour un galant éconduit, le mot « non » semble aussi absurde qu'un seul gant.

ta de zi hen piao liang *(chinois)*

En Chine, si vous entendez dire que votre bien-aimée a « une belle calligraphie », ne vous sentez pas trop flatté pour elle ; traditionnellement, il s'agit en fait d'une façon de parler d'une femme très laide. En français, nous évoquerions peut-être ses « grandes qualités morales ».

jemanden einen Korb geben
(allemand)

Cette expression se traduit par « donner un panier à quelqu'un » et signifie qu'on rejette sa demande. Ses origines sont obscures. On peut d'ailleurs lire, dans un ouvrage anglais de 1852, *Notes and Queries* (« notes et questions »), que « seules des suppositions, très peu satisfaisantes, ont été faites quant à l'origine de cette expression ». Selon l'explication la plus pittoresque (mais pas forcément la plus facile à prouver), il était d'usage, au Moyen Âge, qu'une jeune fille lance un panier à son prétendant pour qu'il s'y installe et qu'elle le hisse jusqu'à sa fenêtre. Si elle l'aimait bien, l'ascension se faisait sans encombre. Sinon, elle lui envoyait un panier en mauvais état et, à un certain moment (déterminé par le poids du galant et la solidité de la nacelle), il comprenait qu'on n'avait pas accédé à sa requête. Plus tard, la coutume prit une nouvelle forme (beaucoup moins dangereuse): on offrait un petit panier sans fond à un soupirant dont on n'appréciait pas les avances (ce qui revient, plus ou moins, à l'inverse d'une Saint Valentin). À noter que l'expression existe également en polonais : *dosta kosza*.

essere sotto un treno *(italien)*

Littéralement : « être sous un train ». Les affres de la rupture sont ici comparées à la douleur d'être écrasé par quelque chose que l'on ne peut contrôler.

avskjed på grått papir *(norvégien)*

Pour les Norvégiens, recevoir une lettre rédigée sur papier gris est mauvais signe : cela indique, en effet, un rejet total et définitif, comme par exemple un licenciement. L'expression familière « au revoir sur papier gris » sert à mettre fin à une relation sans laisser le moindre espoir de réconciliation.

beber los vientos por alguien

(espagnol)

En Espagne, celui qui est fou de quelqu'un « boit le vent » pour lui. L'amoureux est si éperdu qu'il boit l'air des lieux où l'élu(e) de son cœur est passée.

ag briseadh na gcos i ndiaidh duine

(irlandais)

Cette phrase qui se traduit littéralement par « briser les jambes de quelqu'un » signifie en réalité « être fou de quelqu'un ». Mais casse-t-on ses propres jambes en essayant de courir après quelqu'un ou casse-t-on les jambes de la personne qu'on ne veut pas voir s'enfuir ?

lyubit' tebya slozhno, ne lyubit' — nevozmozhno *(russe)*

Cette expression se traduit littéralement par « il est diffi-cile de t'aimer, et impossible de ne pas t'aimer ».

jō ga fukai *(japonais)*

Cette locution signifie «apprécier profondément» quelqu'un; l'objet de cette grande affection l'utilise également pour dire que l'amour qu'on lui porte est devenu un fardeau qu'il serait temps de partager.

se vercht mir finster in die egen *(yiddish)*

On dit souvent que l'amour est aveugle et cette idée se retrouve en yiddish: *se vercht mir finster in die egen* pourrait se traduire en français par un mélodramatique «l'obscurité a envahi mes yeux».

razliubit *(russe)*

Ce mot signifie «cesser d'aimer (ou d'apprécier)». Peut-être en raison de l'idée que nous nous faisons de «l'âme slave», mélancolique et encline à l'émotion, le terme *razliubit* est parfois traduit par «ce que l'on éprouve pour une personne que l'on a aimée lorsqu'on n'a plus pour elle les mêmes sentiments qu'avant».

sufrir un ataque de cuernos
(espagnol d'Amérique latine)

Cette expression signifie littéralement « souffrir d'une attaque de cornes » mais elle veut dire que l'on endure les tourments de la jalousie. On n'ignore pas, d'ailleurs, que, traditionnellement, les cornes symbolisent le cocufiage.

Amour et poésie

Lors d'un test d'association d'idées, il serait très surprenant qu'au mot « amour » la réponse soit souvent « poésie ». Les poèmes d'amour sont pourtant presque aussi vieux que l'écriture elle-même. Voici un extrait d'une œuvre rédigée en Égypte, dans l'Antiquité, *la Chanson de la fleur* :

Le son de ta voix est, pour moi, vin
de grenade ;
C'est en lui que je puise vie.
Si mes yeux toujours sur toi se posaient,
J'en ressentirais plus grand bien
Que de boire ou de manger.

Il est impossible de parler de poésie d'amour antique sans évoquer Sappho. On ne lui attribue pas plus d'une douzaine d'œuvres, mais celle que voici est un modèle d'ardeur :

Certains disent que ce qu'il y a de plus beau sur cette sombre terre est un régiment de cavaliers ; d'autres, que c'est un régiment de fantassins ; et d'autres encore, toute une flotte de vaisseaux ; mais, pour moi, rien n'est plus beau que celle que j'aime.

Catulle est probablement le plus célèbre des poètes romains à avoir écrit sur l'amour ; ses vers *vivamus, mea Lesbia, atque amemus* («vivons, ma Lesbie, et aimons-nous») ont inspiré de nombreux poètes plus récents, tels que Ben Johnson : «Viens ma Célia, jouissons/Des plaisirs de l'amour, tant que nous le pouvons». Dans son poème «L'Appât» (*The Bait*), John Donnes écrit :

Viens vivre avec moi, que ton amour soit mien

Et nous connaîtrons de nouveaux ravissements
Faits de sables d'or, et de ruisseaux cristallins,
Avec du fil de soie, et des hameçons d'argent.

Christopher Marlowe utilise pratiquement les deux mêmes premiers vers dans « Le Berger passionné à son amour » (*The Passionate Shepherd to his Love*) :

Viens vivre avec moi, que ton amour soit mien
Et nous connaîtrons tous les ravissements,
Qu'offrent vallées, bosquets, collines et champs,
Bois et montagnes aux escarpés chemins.

vanha suola janottaa *(finnois)*

Ce proverbe finnois signifie « le vieux sel donne soif ». On l'emploie – surtout lorsque l'on tombe par hasard sur un ou une ex que l'on n'avait pas vu(e) depuis longtemps – pour dire que, une fois que l'on a goûté à quelque chose, on n'en perd jamais complètement l'envie.

cavoli riscaldati *(italien)*

Littéralement : « chou réchauffé ». Cette locution italienne, qui désigne une vaine tentative de ranimer une vieille histoire d'amour, est tirée du proverbe *Cavoli riscaldati né amore ritornado non fu mai buono*, « chou réchauffé et amour ravivé jamais ne furent bons ».

kutimunaykin, llakiymanta mana wañunaypaq *(quechua)*

En quechua – la langue indigène la plus parlée en Amérique du Sud –, cette phrase signifie « Reviens, s'il te plaît, pour que je ne meure pas de chagrin ».

ya toboy bolna/bolen~ *(russe)*

L'amoureux n'arrive pas à dormir. Il perd l'appétit. Il a du mal à se concentrer. Les Russes emploient l'expression *ya toboy bolna/bolen* (« je suis malade de toi ») pour décrire ce phénomène bien connu. *Ti navsegda unes/unesla moy pokoy* signifie « tu as volé ma paix » et s'utilise dans le même cas.

xiang si *(chinois)*

Cet équivalent de notre « mal d'amour » se traduit littéralement par « penser à l'être aimé ». De toute évidence, de manière maladive et obsessionnelle.

ana l-ʿalī w-inta d-dawā *(arabe)*

Cette phrase signifie « je suis malade et tu es le remède ». La « maladie d'amour », vue comme fatale par les uns, devient chez les autres salvatrice – à condition que le sentiment soit partagé.

mne tak sladok tvoy plen (russe)

Cette déclaration poétique se traduit littéralement par
« ta prison est si douce ». Elle exprime à la fois le bon-
heur d'être en compagnie de l'aimé(e) et le fait qu'être
amoureux échappe à notre volonté.

ndege wangu karuka mtini (swahili)

Littéralement, « mon oiseau s'est envolé de l'arbre ». Les
oiseaux en vol font fréquemment l'objet de métaphores
en swahili ; dans la chanson taraab *Sasa Njiwa Kakutoka*,
« maintenant ta colombe t'a quitté », l'oiseau ne fait
pas que s'envoler mais part vers quelqu'un d'autre.
(Le style musical appelé *taraab* incorpore des influences
arabes, indiennes et indonésiennes à la poésie, aux mélo-
dies et aux rythmes swahilis traditionnels.)

saudade (portugais)

La *saudade* est une sorte de profonde nostalgie que seuls
les Portugais sont censés ressentir ou comprendre. Selon

Katherine Vaz, auteur d'un roman publié en 1994 et précisément intitulé *Saudade*, il s'agit d'«une soif des personnes, des époques ou des lieux qui nous manquent, si puissante que c'est justement l'absence qui devient la plus grande présence de notre existence. Plutôt un état qu'un simple sentiment». Le terme peut également s'appliquer à ce qu'éprouve quelqu'un quand son amour perdu lui manque affreusement.

dor *(roumain)*

Le roumain *dor* est très proche du portugais *saudade* : comme ce dernier, il représente un sentiment plus intense que ce que nous appelons «nostalgie» en français, bien que ce terme soit le plus proche dont nous disposons. Nous ressentons cette profonde et écrasante mélancolie lorsque quelqu'un nous manque; il s'agit donc plus d'un état que d'une émotion. *Îmi este enorm dor de tine* signifie «tu me manques énormément».

mapenzi ni maua huchanua na kunyauka *(swahili)*

Cette phrase poétique, pour ne pas dire larmoyante, se traduit littéralement par « l'amour est comme une fleur, il grandit et puis meurt ». La vie éphémère de la fleur est à l'image du caractère fugace du sentiment amoureux.

când dragoste nu e~ (este), nimic nu e~ (este) *(roumain)*

C'est Marin Preda, l'un des plus célèbres romanciers roumains, qui a écrit la phrase : *Când dragoste nu e, nimic nu e,* « Quand l'amour n'est pas là, rien n'est là », devenue un proverbe dans son pays (*e* est la forme abrégée de *este*, « est »). Cette citation est extraite de son dernier ouvrage, *Cel mai iubit dintre p mânteni* (« le plus aimé des mortels »), une violente critique du communisme. On peut la rapprocher du célèbre « Un seul être vous manque, et tout est dépeuplé » de Lamartine.

cargar el arpa *(espagnol d'Amérique latine)*

L'une des plus grandes douleurs que peut infliger l'amour consiste à être obligé de côtoyer des couples enlacés (surtout lorsqu'on est célibataire). On « porte la harpe » quand on se trouve avec un couple d'amoureux qui ne tiennent pas particulièrement à avoir de la compagnie. En Espagne, dans les mêmes circonstances, on joue du violon. Dans les deux expressions, l'idée est évidemment que l'intrus joue la musique d'ambiance pour les tourtereaux, lesquels sont, eux, au centre de l'action. (Une certaine similitude avec le français « tenir la chandelle » ne nous aura pas échappé.) La locution espagnole *poner gorro a alguien* s'emploie lorsqu'un couple est un peu trop démonstratif en public; elle signifie « couvrir quelqu'un d'un bonnet ». Pour lui cacher la vue, ou pour le soustraire aux regards?

Petits
cœurs

mots doux
et petits noms

Si on devait répertorier les termes d'affection du monde entier, il faudrait les répartir en quatre grandes catégories. La première serait constituée de noms de mets délicieux (souvent sucrés, bien qu'en Amérique latine « os de jambon » soit considéré comme un gentil petit nom). Viendraient ensuite les noms d'animaux – particulièrement ceux qui donnent envie de les câliner – («mon petit lapin», «mon gros nounours»), les parties du corps («mon cœur»), et les astres («mon soleil», «mon étoile»). Le concept du petit tient également une grande place dans les termes d'affection («ma puce», «mon poussin»). Presque tout ce qui est doté d'un suffixe diminutif peut être utilisé pour exprimer la tendresse: «poulette», «lapinou», «chaton», etc.

Évidemment, un mot, quel qu'il soit, devient terme d'affection s'il est prononcé avec le ton adapté: des formules telles que «ma crotte» ou «ma couille» ne sont malheureusement pas inconnues au bataillon. Il arrive même que certains aient le cran de les utiliser sur Internet, et cela nous amène à un autre aspect primordial des petits noms: dans l'intimité ils sont souvent bien accueillis, mais en présence d'un tiers ils peuvent devenir très gênants. Nombreux sont ceux qui adorent se faire appeler «mon roudoudou d'amour» à la maison mais le vivent moins bien en société.

La langue anglaise a pour spécificité d'utiliser des acronymes en guise de termes d'affection. Cette méthode, autrefois employée par les soldats quand ils écrivaient à leur bien-aimée, est en quelque sorte un ancêtre du langage abrégé des textos. *SHIMLY*, par exemple, signifie *see how much I love you* («vois combien je t'aime») et *FLAK*, *fond love and kisses* («grand amour et bisous»). Le plus courant de ces sigles est *SWAK*, *sealed with a kiss* («scellé par un baiser») mais, de nos jours, les collégiennes ont tendance à lui préférer *SWALCAKWS*, c'est-à-dire *sealed with a lick 'cause a kiss wouldn't stick* («scellé par un coup de langue parce qu'un baiser ne collerait pas»). La lettre X symbolisant un baiser, *LXXX* doit se lire *love and kisses* («amour et bisous»). On a également recours à des noms de pays dont chaque devient l'initiale d'un mot: *HOLLAND*, par exemple, donne *hope our love lasts and never dies* («j'espère que notre amour durera toujours et ne mourra jamais»); *ITALY*, *I trust and love you* («j'ai confiance en toi et je t'aime »); et *BURMA* (« la Birmanie »), *be undressed ready, my angel* (« sois déshabillée et prête, mon ange ») – ce dernier exemple n'étant pas sans rappeler l'élégant message de Napoléon à Joséphine « Ne te lave pas, j'arrive. »

un tremendo bizcocho *(espagnol)*

En Espagne, lorsqu'on dit d'un homme que c'est un
« super-biscuit », cela n'indique strictement rien sur sa
virilité – bien au contraire. Cela veut juste dire qu'il est
vraiment mignon. Une petite douceur, en fait !

khordani *(persan)*

Ce mot se traduit par « mangeable » – on l'emploie pour
parler de gens que nous qualifierions de « délicieux »,
en français mais le terme persan est plus fort. *Hooloo*,
« pêche » (le fruit), est un autre petit nom associant un
être aimé à un mets appétissant et savoureux.

min lilla sockertopp *(suédois)*

Littéralement : « mon petit bout de sucre ». Cette locution suédoise démodée remonte aux jours où le sucre
était vendu sous forme de pains coniques. On utilisait
alors des pincettes pour en casser de petits morceaux et
adoucir ses aliments ; tout comme notre bien-aimé(e) –
notre *sockertopp* – adoucit notre existence.

muru *(finnois)*

Muru se traduit littéralement par « miette ». La méta-phore existe également en Suède, où l'on trouve parmi ces petits riens que l'on murmure à l'oreille de l'être aimé des termes tels que *tårtsmula* (« miette de tarte ») et *sockerpulla* (« miette de sucre »).

mon petit chou *(français)*

Si cette expression ne nous amuse que par son côté démodé, elle ne manque pas d'intriguer les étrangers. Ces derniers comprennent parfaitement que nous appe-lions quelqu'un « mon chou à la crème » ou « mon sucre d'orge » car ils ont souvent des équivalents dans leur propre langue. En revanche, ils sont persuadés qu'il faut être français pour trouver un point commun entre une personne chérie et un légume tel que le chou !

Zuckerschnecke (allemand)

En France, si vous appelez votre petite amie « escargot »,
il se peut qu'elle n'apprécie que très modérément.
Pourtant, en Allemagne, on utilise fréquemment ce mot
pour évoquer une jolie fille. En y ajoutant du sucre,
Zucker, on ne peut qu'adoucir les choses.

amar shona (bengali)

Si, en bengalî, *shona* signifie « or », il faut néanmoins
comprendre *amar shona* comme « mon chéri ». D'autres
termes d'affection fonctionnent selon le même principe :
amar pran signifie « ma vie » ou « mon âme » ; *amar
mon*, « mon esprit » ; et *amar dhon*, « ma richesse ».

Skat (danois)

Skat, le plus courant des petits noms au Danemark,
signifie littéralement « trésor » mais, comme le terme
désigne également le Trésor public, il est vivement
conseillé de bien s'assurer du contexte !

mahal *(indonésien et tagalog)*

En indonésien comme en tagalog, *mahal* signifie « cher » aussi bien dans son acception affective qu'en tant que synonyme de « coûteux ». Le mot vient du sanskrit, langue dans laquelle il veut dire « grand » ou « important ».

zlato *(tchèque)*

Le mot *zlato*, « or », s'emploie pour dire combien quelqu'un vous est précieux. Son diminutif *zlati ko* est encore plus affectueux. Signifiant « petit or », il combine la notion de valeur à celle de petite taille – deux manières traditionnelles d'exprimer sa tendresse.

cariad bach *(gallois)*

Cariad correspond à « cœur » et *bach* signifie « cher », « bien-aimé » ou « petit ». Le tout peut donc se traduire par « mon petit cœur adoré ».

carissimo/carissima (italien)

Là où le français s'arrête à « chéri » ou « chérie », l'italien pousse jusqu'à « chérissime ».

thîi rák (thaïlandais)

Thîi rák veut dire « chéri » ; « amoureux » se dit *khon rák* ; « mon cœur » se dit *khûu rák*. On l'aura deviné, *rák* signifie « amour ».

Schatzi (allemand)

Selon les estimations d'un magazine national, environ soixante-dix pour cent des Allemands qui vivent en couple appellent leur compagne ou leur compagnon par un petit nom, un *Kosename*. L'un des plus populaires est *Schatz* (ou l'une de ses nombreuses variantes : *Schatzi, Schätzchen, Schätzelchen, Schätzlein*), qui se traduit par « trésor ».

je bent om op te vreten

(néerlandais)

Cette phrase néerlandaise signifie « tu es adorable ». On l'adresse principalement aux femmes, aux bébés et aux petits animaux.

mi perla *(espagnol)*

Littéralement « ma perle ». Parmi les autres d'affection espagnols, on compte également *mis ojos*, « mes yeux », et *mi reina*, « ma reine ». Les Argentins appellent leur bien-aimé(e) *el filito* ou *la filita*, c'est-à-dire « le petit couteau », tandis que les Chiliens disent *el pololo* ou *la polola*, « le bourdon ». Mais le mot le plus courant reste assurément *querido* (ou *querida*).

schnickelfritz

(Anglais américain, issu de l'allemand)

Ce mot signifie « vilain (mais adorable) petit garçon », mais on l'emploie également dans le sens de « mon cœur ».

Il semblerait qu'il ait été construit en ajoutant le suffixe *Fritz* au terme dialectal allemand *Schnickel*, qui lui-même désigne le sexe d'un garçonnet.

sayang *(tagalog)*

Bien que ce mot soit généralement traduit par « quel gâchis ! », il évoque en fait une grande tristesse ou une profonde nostalgie. Lorsqu'il devient terme d'affection, il prend les significations de « mon chéri », « mon cœur » ou « mon amour ». *Han*, son équivalent coréen, est tout aussi chargé de sens.

-chan *(japonais)*

Au Japon, on utilise moins les petits noms qu'ailleurs. Cependant, certains couples emploient des surnoms tirés d'abréviations de leurs prénoms auxquelles ils ajoutent le suffixe *-chan*, qui indique l'affection. C'est ainsi, par exemple, que *Takeshi* devient *Take-chan* et *Hanako*, *Hana -chan*.

Pour le meilleur et pour le pire

Il est amusant de constater que le mariage, un statut auquel on accède par un simple mot, ait donné naissance à tant d'expressions – la plupart peu flatteuses, ou, dans le meilleur des cas, plutôt cyniques. En Angleterre, dans le Yorkshire, on dit que ceux qui se marient « font avec la langue un nœud qu'ils ne pourront jamais défaire avec les dents ». En français, on affirme que « le mariage est comme une forteresse assiégée ; ceux qui sont dehors veulent y entrer, et ceux qui sont dedans en sortir ». Même Socrate, à qui l'on demandait s'il était bon qu'un homme se marie, répondit : « Quel que soit votre choix, vous vous en repentirez ».

Quoi qu'il en soit, si l'on doit se marier, mieux vaut que ce soit par amour. Si, en Écosse, on n'ignore pas que « rien ne vaut quatre jambes nues pour réchauffer un lit », on reste convaincu qu'il est également préférable de ne pas manquer d'argent. On ne parle pas forcément de *cupboard love* (un sentiment inspiré par l'envie de remplir ses placards) mais, tout le monde vous le dira : *a kiss and a drink of water is a tasteless breakfast,* « un baiser et un peu d'eau font un bien fade petit déjeuner ». D'ailleurs, nous disons bien, en français, qu'« on ne vit pas d'amour et d'eau fraîche » ou qu'« amour fait rage, mais argent fait mariage ». Que l'on soit riche ou pauvre, le mariage est souvent perçu comme une institution à laquelle on ne peut échapper : si les Anglais pensent que « le mariage et la pendaison font partie du destin » (*marriage and hanging go by destiny*), les Écossais, eux, estiment qu'« un homme courtise où bon lui semble mais se marie où l'exige son destin » (*a man may woo where he will, but must wed where he's weird*). Quant aux Irlandais, leur dicton *marriage comes unawares, like a soot-drop* affirme que « le mariage vous tombe dessus sans crier gare, comme escarbille ».

Quand on décide de se marier, il faut le faire aussitôt : *opleygn iz nor gut for kez, ober nit far a khasene* est un proverbe yiddish qui signifie « l'attente est bonne pour le fromage, mais pas pour le mariage ». Surtout si votre fiancée a « pris une pierre dans l'oreille » ou « fêlé son pichet » avant le mariage, ce qui implique un risque qu'elle « se foule la cheville » (c'est-à-dire qu'elle devienne une mère célibataire).

Bien entendu, il suffit de se marier pour s'exposer à toutes sortes de moqueries et de plaisanteries : l'épouse dominatrice « porte la culotte » et son mari « n'est pas maître chez lui ». En Écosse, quand un mari se fait régulièrement remonter les bretelles, on dit que sa femme « lui sert la viande dans un seau fendu » (*gets his meat in a riven cog*). En France, nous parlerions sûrement de « soupe à la grimace ». Si les remarques deviennent vraiment trop pénibles, il se peut que l'homme « aille rendre visite à son oncle » (*go visit his uncle*) – c'est-à-dire qu'il quitte se femme peu après le mariage. Un proverbe chinois, *da shi teng, ma shi ai*, affirme qu'« une fessée est une marque d'affection, et une réprimande, un signe d'amour », tandis que selon un dicton yiddish, *der ershter broygez iz der bester broygez*, « la première scène de ménage est toujours la meilleure ».

Cependant, c'est malgré tout un autre proverbe chinois, *haoshi duo mo*, qui résume le mieux la situation : « Il faut passer par de nombreuses péripéties pour réussir son mariage ».

cucciola mia *(italien)*

Alors que cette locution italienne signifie littéralement « mon chiot », il est amusant de noter qu'en Angleterre « terme d'affection » se dit *pet name*, « nom d'animal familier ».

golubka *(russe)*

La langue russe regorge de locutions comparant l'être aimé aux bébés animaux – d'adorables et câlines petites créatures qui ont besoin d'être protégées. *Golubka* veut dire « petite colombe » (mais on peut faire encore plus fort avec *golub'moi sizokrylyi*, « ma colombe aux ailes bleues »). On trouve aussi *moi kotik*, « mon chaton » ; *zaika moja*, « mon petit lièvre » ; ou *ptichka moya*, « mon petit oiseau ».

Knuddelbär *(allemand)*

Littéralement : « ours câlin ». Le terme se rapproche de notre « nounours » puisqu'il véhicule non seulement une idée de tendresse mais également la notion de force protectrice.

tausi wangu *(swahili)*

En swahili, une femme peut appeler son homme *tausi wangu*, « mon paon », pour lui rappeler combien il est beau. En retour, il pourra la nommer *waridi wangu*, « ma rose », en hommage à sa beauté.

topolina *(italien)*

Topolina est encore un nom de petit animal tout mignon ; il signifie en effet « petite souris ». On trouve encore *passerotto*, « petit moineau » et *patatino*, « petite patate ».

churri *(espagnol)*

Ce terme intraduisible s'emploie pour parler d'une personne que l'on trouve agréable de serrer dans ses bras.

fofinho / fofinha *(portugais)*

Un sentiment de chaleur enveloppante émane clairement de ce terme d'affection. En effet, *fofo* signifie

« doux et léger » ou « floconneux » et peut aussi bien s'appliquer à un édredon qu'à une pâtisserie. On se sent donc comme dans un petit nid douillet lorsqu'on est avec son *fofinho*.

dob o'goody *(anglais américain)*
Une manière locale de dire « chéri(e) » ; peut-être parce que *dob* signifie « morceau » et que *goody* désigne « quelque chose de bon ».

gordito *(espagnol)*
Au Salvador, les amoureux s'appellent mutuellement *gordito* ou *gordita*, « petit gros » ou « petite grosse ». À l'origine, c'est le nom d'un plat constitué de pâte fourrée au fromage, au porc, au poulet ou aux haricots. Il existe un équivalent en Italie : *ciccio* (ou *ciccia*) qui signifie « chair » ou « gras ». La connotation a donc probablement plus à voir avec le goût qu'avec l'embonpoint.

Pummel *(allemand)*

Un *Pummel* est un « enfant dodu ». Ce mot reflète la croyance germanique qui veut que les gens bien en chair soient plus *gemütlich* que les autres, c'est-à-dire plus « douillets », plus « confortables ». Par conséquent, si quelqu'un vous appelle *Pummel*, c'est qu'il se sent bien, à l'aise et détendu en votre compagnie.

coccolissima / coccolone *(italien)*

Ces mots doux italiens désignent quelqu'un avec qui on aimerait bien se blottir dans un lit. Ce sont des dérivés de *coccolare*, un verbe qui signifie « cajoler » et fait généralement référence à la tendresse maternelle. *Coccolo* veut donc dire « câlin ». Il est souvent accompagné de *dormiglione* (ou *dormigliona*), « gros dormeur » (ou « grosse dormeuse »). Ensemble, *coccolissima* et *dormigliona* évoquent les grasses matinées dominicales passées au milieu des oreillers, sous les couvertures.

luce dei miei occhi *(italien)*

Luce de miei occhi, « lumière de mes yeux », est une expression que l'on rencontre aussi parfois en français. On la rapprochera de « prunelle de mes yeux » – un fruit auquel les Anglais préfèrent la pomme dans la locution *apple of my eyes*.

solntse moe nenaglyadnoe *(russe)*

« Mon soleil que je ne peux m'empêcher de regarder » – l'expression peut paraître un peu grandiloquente à un francophone. Le terme affectueux *myj nezhnii luchik sveta*, soit « mon tendre petit rayon de lumière », est peut-être plus proche du français « soleil de ma vie ». L'idée se retrouve également en roumain avec *soarele meu*, « mon soleil ». En français, l'être aimé peut « illuminer votre vie » ; en russe et en roumain, il diffuse sa lumière sur le monde entier.

zarya moya yasnaya *(russe)*

Littéralement: «mon aurore illuminée». Ce terme d'affection russe est réservé à des moments de grande intimité, de préférence au lit, le matin, pour bien commencer la journée.

chaudvin ka chand *(ourdou)*

Cette locution a servi de titre à une production de Bollywood et à une chanson à succès. Par cette allusion au «quatorzième jour du mois», on affirme «tu es ma pleine lune».

meng.gàn *(cantonais, Chine)*

Meng.gàn se traduit par «racine de ma vie» (l'idée est qu'il s'agit d'un élément indispensable à la vie). On retrouve la même notion dans *sàm.gàwn*, «cœur et foie», où l'être aimé compte tant pour vous que vous ne pourriez pas vivre sans lui.

BAGUES, PIERRES ET SYMBOLES

Pour être vraiment efficace, un gage d'amour doit remplir certains critères. Il doit être hautement symbolique – de préférence, plutôt de façon sous-entendue qu'évidente -, on doit pouvoir le cacher, et il doit être facile à envoyer. Si les amoureux ne s'offrent généralement pas d'éléphants de marbre grandeur nature, il y a sûrement une bonne raison.

La bague a toujours été l'un des gages d'amour les plus estimés car elle répond indubitablement à toutes les exigences énumérées ci-dessus. D'abord en vogue chez les Grecs et les Romains, un type particulier de bague connut un regain de popularité vers la fin du Moyen Âge : l'anneau double. Ce bijou était constitué de deux anneaux (voire trois ou quatre) qui, assemblés autour du doigt, ne formaient qu'une seule pièce.

Il était fréquent que l'anneau double soit également un *fide*, c'est-à-dire une bague dont le fermoir représentait, en miniature, deux mains dont les doigts s'entrecroisaient quand elle était en place. Elle symbolisait alors fidélité et « foi jurée ». Les anneaux étant indissociables, lorsqu'un des amoureux devait s'absenter, chacun en prenait un et pouvait, en le portant, penser à l'heureux moment des retrouvailles.

Le poète anglais du XVIIe siècle Robert Herrick a consacré quelques vers à ce bijou :

Tu m'as envoyé un nœud d'amour sincère et droit,

Mais je t'envoie un anneau, pour que tu voies

Que ton amour n'a qu'un nœud, et le mien en a trois.

(Le nœud d'amour consistait en deux boucles entrelacées et symbolisait l'amour véritable.)

Autrefois, l'améthyste représentait l'amour authentique. Selon la légende, une déesse transforma un jour une belle nymphe (comme s'il en existait de laides !) en améthyste pour la protéger de Bacchus. Malgré sa déception, ce dernier, inspiré par son autre amour – le vin –, donna à la pierre sa couleur pourpre. On a longtemps pensé que l'opale portait malheur et, par conséquent, ne convenait pas pour les bagues de fiançailles ou les alliances. Cela n'empêcha nullement la reine Victoria d'en offrir à toutes ses filles à l'occasion de leur mariage (pour le plus grand plaisir de ses sujets mineurs d'opale en Australie).

En Angleterre, il fut une époque où il suffisait d'offrir une bague faite de jonc pour pouvoir se considérer comme légalement marié, sans prêtre ni témoins (cette coutume est d'ailleurs évoquée par Shakespeare dans *Tout est bien qui finit bien*). Malheureusement, tout le monde n'accordait pas la même valeur à cet usage, et plus d'une femme s'est retrouvée dotée d'une bague de jonc mais sans mari.

La coutume la plus surprenante est peut-être celle du peuple Basotho, en Afrique, où le père de la mariée tue un bœuf le jour de la cérémonie. Il découpe ensuite deux bandes de peau dans le cou de l'animal puis les donne aux époux qui les porteront en bracelet comme symbole de leur union.

jegar *(persan)*

En persan, *jegar* – « foie » – est un terme d'affection très courant. Il sous-entend que l'on ne peut pas vivre sans la personne qu'on aime.

tzieri mou *(grec)*

« Foie » et « poumon »... Ces mots s'emploient avec la même tendresse que « mon amour » en français. Dans de nombreuses cultures, le foie est considéré comme le siège de l'affection, exactement comme le cœur en France. Le mot *tzieri* vient du turc *ciger*, lui-même dérivé du persan *jegar* que nous venons d'évoquer.

wo de xingan baobei *(chinois)*

Alors que cette locution pourrait se traduire par « mon précieux amour » ou « mon trésor », si l'on observe chacun des caractères séparément elle devient « précieux cauri de mon cœur-foie ». *Xingan*, c'est-à-dire « cœur-foie » est un terme d'affection traditionnel très répandu, que l'on emploie aussi bien avec son conjoint qu'avec son enfant, probablement parce que ces deux organes sont indispensables à la vie. *Baobei*, « cauri », rend la formule encore plus expressive car il fut un temps où ce coquillage servait de monnaie : le bien-aimé est donc très précieux.

poepie *(néerlandais)*

Littéralement, *poepie* signifie « petite crotte ». *Scheetje*, « petit pet », est également un terme d'affection chez les Néerlandais. Ces mots s'emploient exactement comme « mon amour » et « mon chéri » (ou « ma chérie »). On peut les dire sans problème à l'élu(e) de son cœur (à condition de parler néerlandais) ; ce qui prouve, une fois de plus, que les mots gentils des uns sont les insultes des autres !

moosh bekhoradet *(persan)*

Si vous êtes à court de termes d'affection traditionnels, vous pouvez toujours souhaiter, comme les Iraniens avec *moosh bekhoradet*, « qu'une souris te mange ».

sonqochallay, urpichallay, sonqo suwa, ch'aska ñawi (quechua)

Cette longue expression romantique se traduit par « cher cœur, ma petite colombe, voleur (ou voleuse) de cœurs, aux yeux comme des étoiles ». Le message est clair.

hartendief (néerlandais)

Littéralement, cet adjectif signifie « voleur de mon cœur ». En français, nous avons des « briseurs de cœurs » mais pas de voleurs (même si l'on peut toujours dire que quelqu'un nous a « volé notre cœur »).

OFFRIR SON CŒUR ⟋157

Offrir son cœur

La déclaration et la demande en mariage

Selon un proverbe latin assez révélateur, attribué à Publilius Syrus ou à Labérius, *amare et sapere vix deo conceditur*, « même un dieu a du mal à aimer et être sage en même temps ». Quand le moment arrive de faire sa déclaration, l'émotion prend immanquablement le dessus sur la raison. Que les mots vous échappent au coin d'une rue ou qu'ils aient été soigneusement couchés sur papier, aussi fleuris que le bouquet qui les accompagne, le premier « je t'aime » n'est jamais très décontracté. Avec le temps, il devient généralement de plus en plus facile de faire sa déclaration (du moins, lorsque la première a été appréciée ou accueillie sans mépris). Cependant, cela n'est vrai que jusqu'au jour où il s'agit d'en faire une toute particulière : dire « oui » devant Monsieur le maire. Faire une déclaration est une chose, la faire bien en est une autre. En littérature, les exemples d'aveux plutôt décalés ne manquent pas. Dans *Les Saisons*, poème presque oublié de James Thomson, Céladon profite d'une tempête pour prendre Amélia, effrayée, dans ses bras. Il la rassure par ces mots : « Il est plus prudent que je m'approche de toi, c'est certain, et que j'étreigne ainsi la perfection. » Hélas, cela lui porte malheur : la foudre s'abat sur Amélia et la tue. Écrivant au sujet d'un ouvrage intitulé *Romans héroïques du XVIIe siècle*, Walter Scott affirma que « rien n'est plus dénué d'intérêt que la froide extravagance avec laquelle ces amoureux expriment leur passion ; ou, selon leur propre terminologie, rien ne peut être plus glacial que leurs flammes, plus rampant que les envolées de leur passion ». Dans *Howard's End*, de E. M. Forster, Henry Wilcox fait sa demande en mariage à Margaret Schlegel en bredouillant et la termine par « J'aurais mieux fait d'écrire. N'aurais-je pas dû écrire ? ». Jane Austen elle-même ne semblait pas très sûr d'elle pour imaginer des déclarations romantiques. Dans *Orgueil et Préjugés*, de M. Darcy elle se contenta d'écrire : « Il s'exprimait, en cette occasion, avec autant de bon sens et de chaleur que l'on peut en attendre d'un homme violemment amoureux. » Nous voilà bien avancés.

Même les plus grands poètes peuvent rater leurs déclarations d'amour dans leur correspondance privée. Ainsi, Keats écrivit (à Fanny Brawne) : « Je pourrais mourir pour vous. Ma Croyance, c'est l'Amour, et vous en êtes l'unique principe. [...] Mon amour est égoïste. Je ne puis respirer sans vous », un billet galant que Matthew Arnold qualifia de « lettre d'amour d'apprenti chirurgien [...] aussi lamentable que dépourvue de noblesse ».

Si un auteur comme Keats s'est révélé incapable de s'acquitter convenablement d'une telle tâche, peut-être pouvons-nous faire preuve d'indulgence envers nos propres maladresses.

a minha cara metade *(portugais)*

Littéralement: «l'autre côté de mon visage». L'expression correspond au français «ma moitié». Néanmoins, la métaphore portugaise en dit plus long que la nôtre, qui reste abstraite: elle mentionne précisément la partie du corps humain la plus associée à l'identité.

a outra metade da laranja *(portugais)*

Il s'agit d'une autre façon de dire «ma moitié». Lorsqu'un Portugais parle de «l'autre moitié de l'orange», il veut dire, bien sûr, qu'il ne se sent entier qu'en présence de l'être aimé. (Le Portugal est connu depuis longtemps pour la culture et l'exportation de cet agrume. Le persan *n rang* et l'arabe *n ranj* nous apprennent l'histoire de ce mot qui, parti du sanskrit *n ranga*, fut introduit en Europe par les Arabes lorsqu'ils conquirent l'Espagne. Le grec *portokali* et le turc *portakal* démontrent à quel point le fruit est associé au pays.)

spasibo chto ty est' na svete ! *(russe)*

Si, en France, remercier quelqu'un d'exister n'a certainement rien d'ordinaire, en Russie il existe carrément une expression consacrée – très courante de surcroît.

te adoro *(espagnol)*

Te adoro – « Je t'adore ». Qui ne serait pas heureux d'entendre ces mots ? Pour dire son amour en espagnol, la formule classique est *te quiero* (qui exprime tous les types d'amour, mais plus souvent un sentiment platonique, tel celui d'une mère pour son enfant). Vient ensuite (si tout va bien) le poétique *te amo*, qui est plus fort. (« Faire l'amour » se dit *hacer el amor*.) Les mots *te adoro*, « je t'adore, je te vénère », sont réservés aux amoureux très épris. Enfin, on évoque le sommet du désir (ou son gouffre, selon les circonstances) avec *te deseo* qui, signifie tout simplement « je te désire » – bien entendu, dans la plus physique de ses acceptions.

qorbaanat beravam, fedaayat beshavam
(persan)

Cette locution signifie « que je sois sacrifié pour toi, que je sois la rançon ». Elle existe également sous deux formes plus courtes : *qorbaanet fedaat*, une expression qu'une mère peut chuchoter à son enfant mais qui s'emploie aussi entre tourtereaux pour dire « je t'adore » ; et *qorbaanet besham* (ou *beram*), qui se traduit littéralement par « que je sois sacrifié pour toi » – à comprendre plutôt comme « je serais prêt à mourir pour toi ». (Si vous recevez une lettre commençant par *fedaayat beshavam*, ne vous affolez pas, vous n'êtes pas victime de harcèlement : dénuée ici de toute connotation sentimentale, la formule sert traditionnellement d'en-tête aux courriers officiels, exactement comme on écrirait « Chère Madame » ou « Cher Monsieur » en français.)

Rien n'est plus précieux qu'une lettre d'amour. Rien n'est plus difficile à écrire, non plus, ou plutôt à *bien* écrire. Tout le monde est capable d'aligner une série de mots doux, mais une lettre d'amour réussie ne saurait se résumer à un catalogue d'émotions : elle se doit impérativement de confiner à la poésie.

Pour être efficace, une lettre d'amour aura recours à des figures de style obligées ou se concentrera sur des thèmes précis. Une lettre de Pline le Jeune à sa femme nous offre un parfait exemple de l'un des thèmes les plus courants, les mérites de la dernière lettre reçue :

« Tu dis que tu souffres beaucoup de mon absence et que ton seul réconfort, quand je ne suis pas là, est de tenir mes lettres dans ta main et, souvent, de les poser à ma place, à ton côté. Il me plaît de penser que je te manque et je trouve un soulagement dans cette forme de consolation. Moi aussi, je lis constamment tes lettres, et j'y reviens sans cesse, comme si elles étaient nouvelles pour moi – mais cela ne fait qu'attiser le feu de mon manque de toi. Si tes lettres me sont si chères, tu peux imaginer le délice que m'est ta compagnie ; écris aussi souvent que possible, même si le plaisir que cela me procure est empreint de douleur. »

Par chance, les lettres de Francis Scott et Zelda Fitzgerald ont été préservées, et cela nous permet de lire ce qu'écrivit Zelda sur un autre thème, celui de l'incapacité à vivre sans l'être aimé :

« Comment peux-tu seulement envisager de penser à la vie sans moi – Si tu devais mourir – Ô Chéri – Scott chéri – ce serait comme devenir aveugle. Je sais que je mourrais aussi – Ma vie n'aurait aucun sens – juste une jolie décoration. Ne penses-tu pas que je suis faite pour toi? J'ai l'impression que tu m'as commandée – et qu'on m'a livrée à toi – pour que tu me portes. Je veux que tu me portes, comme une montre ou des fleurs à la boutonnière – aux yeux du monde.»

Une lettre de Napoléon illustre un autre grand sujet, le désir que nous inspire l'être aimé:

Mille baisers sur tes yeux, tes lèvres, ta langue, ton cœur. Belle parmi les belles, quel est donc ce pouvoir que tu exerces sur moi? Je suis gravement malade de toi; je souffre constamment d'une fièvre brûlante!

Parmi les autres thèmes de lettres d'amour, on trouve la jalousie, la beauté inégalable de l'être aimé et, occasionnellement, le renoncement. En guise d'exercice, le lecteur se chargera d'en trouver lui-même quelques exemples.

rwy'n dy garu di *(gallois)*

Cette phrase se traduit mot pour mot par « je suis ton amour toi ». Dans le nord du pays, on préfère *Dw i'n dy garu di*. Et si vous avez envie de dire « je t'aime de tout mon cœur » en gallois, vous pouvez toujours essayer de prononcer *mi caraf chwi a'm holl galon*.

tha gràdh agam ort *(gaélique écossais)*

« J'ai de l'amour sur toi » : c'est comme si on avait accidentellement renversé de l'amour sur quelqu'un et l'on s'excusait d'avoir taché ses vêtements. Par ailleurs *tha gaol mo chridhe agam ort-sa* veut tout simplement dire : « je t'aime de tout mon cœur ».

tà mo chroí istigh inti *(irlandais)*

Cette expression (qui signifie « je l'aime ») se traduit littéralement par « mon cœur est en elle ».

onguboy *(bodo)*

Le bodo est une langue tibéto-birmane parlée dans le nord-est de l'Inde, ainsi que dans certaines régions du Népal, du Bhoutan et du Bangladesh. *Onguboy*, terme totalement positif, signifie « aimer du fond du cœur ». *Onsra*, en revanche, évoque un amour teinté de tristesse et se traduit par « aimer pour la dernière fois » (littéralement « éveiller l'oracle féminin pour la dernière fois »). Enfin, *onsay* s'applique à ceux qui font semblant d'être amoureux.

shindemo ii wa *(japonais)*

Cette phrase signifie littéralement « je pourrais mourir pour toi ». La petite histoire veut que Futabatei Shimei (1864-1909) l'ait employée pour faire dire « je t'aime » à un personnage féminin d'un roman qu'il traduisait du russe. Il avait dû faire ce choix car, à l'époque, les Japonais ne se disaient jamais « je t'aime » de manière directe.

obicham te do bolka *(bulgare)*

« Je t'aime jusqu'à la douleur », cette déclaration est probablement la plus forte que l'on puisse faire en bulgare. Cette langue dispose de deux termes pour « amour » : *ljubov* et *obich*. Le premier exprime la passion et le second, l'affection. Par conséquent, seul *obich* s'emploie dans un contexte romantique.

mitn gantsn hartsn *(yiddish)*

Cette locution, qui veut dire « de tout mon cœur », a une signification plus profonde qu'en français. Il ne s'agit pas de l'une de ces expressions de tous les jours que l'on peut se permettre de lancer machinalement mais de mots qu'il faut prononcer... de tout son cœur.

yi wang qing shen *(chinois)*

« Pour toujours amour profond » contient un jeu de mots, car *yi wang* signifie également « Internet ». C'est pourquoi cette phrase est employée pour parler des histoires d'amour qui naissent en ligne.

jeong *(coréen)*

En coréen, le terme *jeong* désigne un état au-delà de l'amour ; on le décrit parfois comme « une loyauté et une dévotion totales sans raison valable ou logique ». Le *jeong* est ce drôle de sentiment, éternel, immortel et immuable – contrairement à l'amour –, que l'on ne s'attend pas à trouver chez un seul individu mais plutôt dans ce lien invisible entre deux personnes. Un couple qui a survécu à la tempête peut être sûr d'avoir atteint ce stade. (En coréen, on dit aussi « notre femme » ou « notre mari » – ce qui montre qu'on accorde plus d'importance à la relation qu'à la personne elle-même.)

gua sayang lu *(indonésien)*

Si votre cœur fond en Indonésie, cette expression vous sera sûrement utile : elle signifie « je t'aime ». *Aku cinta padamu* est la forme que l'on trouve généralement dans les chansons populaires ; *cinta* ne s'emploie que pour l'amour romantique, alors que *sayang* peut également s'appliquer à l'amour maternel.

alamnaka *(ulwa)*

Lorsqu'un français déclare avoir « trouvé une niche », c'est généralement qu'il a trouvé un créneau professionnel ou commercial spécifique. Pour ceux qui, sur la côte est du Nicaragua parlent la langue indigène appelée ulwa, *alamnaka*, « trouver sa niche », c'est avoir rencontré la personne de sa vie. En fait, l'idée s'apparente plus à celle de « niche écologique », c'est-à-dire la place occupée dans une communauté par l'un ou plusieurs de ses membres. « Être casé », en somme.

wewe ndiyo barafu wa moyo wangu
(swahili)

En français, lorsqu'on dit de quelqu'un que son cœur est froid, c'est qu'il est cruel et insensible. En swahili, c'est qu'il est très amoureux. *Wewe ndiyo barafu wa moyo wangu*, « tu es de la glace pour mon cœur », sert à exprimer un amour très profond. Ce qui n'est pas sans logique, au fond : la glace et le froid, en pleine Afrique, sont bien plus rares et précieux que sous nos latitudes !

grá mo chroí thú *(irlandais)*

L'Irlande a toujours été le plus grand amour des Irlandais mais il arrive, de temps en temps, qu'il leur reste un peu de place pour quelqu'un ou quelque chose d'autre. *Grá mo chroí thú*, « tu es l'amour de mon cœur », s'emploie quand on est très amoureux.

na tebe soshelsa klinom belyi svet

(russe)

Littéralement, cette phrase se traduit par « le monde entier s'est amoncelé au-dessus de toi », ce qu'il faut comprendre comme « pour moi, tu es tout ce qui compte au monde ». C'est tout le contraire de l'expression *svet ne klinom soshelsya na [tebe]*, « [tu] n'es pas le/la seul(e) au monde » (mot à mot, « le monde ne s'est pas amoncelé au-dessus de toi »). *Belyi svet* ne représente pas seulement « le monde » mais « le monde entier » ou « le vaste monde » (littéralement, « le monde blanc »).

L'AMOUR CÉLÉBRÉ

Que les motivations soient purement romantiques ou inspirées par des intérêts commerciaux tels que la vente de roses, de chocolats ou de petits animaux en peluche, presque toutes les cultures modernes disposent d'un jour réservé à la célébration de l'amour et des amoureux.

En France, on pense immédiatement à la Saint-Valentin, fêtée le 14 février. Il semblerait que la coutume remonte au XIVᵉ siècle. On estimait en effet que les oiseaux commençaient à s'accoupler à cette date. Le plus ancien poème à en faire mention est *Le Parlement des oiseaux*, de Geoffrey Chaucer (1381), dans lequel deux volatiles se disputent un jour de Saint-Valentin. En Roumanie, Dragobete, le jour des amoureux, tombe le 24 février ; garçons et filles s'offrent mutuellement des flocons de neige. En Slovénie, c'est le 12 mars, à la Saint-Grégoire, que l'on appelle « le jour où les oiseaux se marient ». C'est également à cette occasion que les enfants fabriquent des *gregor-ki*, c'est-à-dire de petits bateaux portant des bougies qu'ils font descendre le long des ruisseaux. Ils symbolisent l'allongement des jours grâce auquel on n'aura plus besoin de lumière pour travailler le soir.

Au dernier jour du nouvel an chinois, la tradition veut que les filles inscrivent leur nom et leur adresse sur une mandarine et la jettent dans la rivière, dans l'espoir que l'homme de leur vie la trouvera et viendra les chercher.

Au Japon, ce sont surtout les femmes qui « fêtent » la Saint-Valentin en offrant du chocolat (appelé *giri-choko*, soit « chocolat d'obligation ») aux hommes avec lesquels elles travaillent, mais pas à leur mari ou leur petit ami. Ces hommes sont censés leur rendre la pareille au Jour blanc, le 14 mars, en offrant, à leur tour, du chocolat (blanc, généralement) ou divers petits cadeaux aux femmes qui ont pensé à eux un mois auparavant. On célèbre également la Saint-Valentin et le Jour blanc en Corée du Sud mais, là, on offre des cadeaux à l'être aimé et non à ses collègues et connaissances.

Mis à part la proximité des dates, rien ne permet de rapprocher la Saint-Valentin des *lupercalia* romaines, que l'on fêtait le 15 février. Les *lupercalia* étaient liées à la fertilité ; elles comportaient une cérémonie qui commençait par le sacrifice de chèvres. On marquait deux garçons nobles avec le sang des animaux (tandis que le rite exigeait qu'ils rient, ce qui n'était peut-être pas facile). Après cela, on découpait la peau de la bête en bandelettes et les garçons devaient courir en utilisant les lanières pour fouetter les spectateurs et les passants. Les jeunes femmes essayaient de se débrouiller pour être atteintes car le coup de fouet avait la réputation non seulement de favoriser la fertilité mais également de faciliter l'accouchement. Les *lupercalia* furent abolies en 495 par le pape Gélase Ier.

dowret begardam *(persan)*

Cette locution persane qui exprime le désir de souffrir à la place d'autrui se traduit littéralement par « puis-je marcher autour de vous ? » Elle vient d'une vieille coutume iranienne qui voulait qu'on tourne autour du lit d'une personne malade que l'on aimait en répétant ces mots : « Que toutes tes douleurs, maladies et troubles viennent sur moi et que rien de mal ne t'arrive ! »

hamnafasam baash *(persan)*

Aussi romantique qu'intime, le persan propose « sois mon compagnon/ma compagne de respiration » pour exprimer, bien entendu, l'envie de tout partager – jusqu'à l'air – avec l'être aimé.

hubbak yidhawwibni *(arabe)*

Cette phrase signifie « ton amour me fait fondre ».

khatereto mikham *(persan)*

« J'ai une profonde affection pour toi » ou « je te veux ». C'est généralement la formule dont on use lorsque l'on recherche une relation permanente – voire, un mariage.

wewe ni wangu tu *(swahili)*

On disait autrefois « sois mienne », et les Anglais, par exemple, écrivent encore « be mine » sur leurs cartes de Saint Valentin. En swahili, l'idée de possession est encore plus prononcée : *wewe ni wangu tu* signifie « quoi que tu sois, tu es mienne ».

ti voglio bene *(italien)*

Ti voglio bene permet d'exprimer son amour de façon un peu moins passionnée qu'avec *ti amo*. *Ti voglio tanto bene*, « je te veux beaucoup de bien » est un peu plus intense. Mais, pour qui veut sortir le grand jeu, *ti amo più che mai*, « je t'aime plus que jamais », est la formule idéale.

ich liebe dich *(allemand)*

Tous les dictionnaires vous diront que la plus basique des déclarations d'amour en allemand est *ich liebe dich*, « je t'aime ». Il existe pourtant des façons plus idiomatiques de dévoiler ses sentiments *auf Deutsch* : *ich mag dich*, « je t'aime bien », et *ich hab' dich gern*, « je t'aime vraiment bien » sont deux expressions plus intenses que leur traduction ne pourrait le laisser croire. Si vous voulez donner encore plus de poids à vos paroles (ou parler comme dans les chansons populaires), essayez *ich brauche dich wie die Luft zum Atmen*, « j'ai besoin de toi comme de l'air que je respire ».

di libe kumt noch der khasene *(yiddish)*

Cette phrase signifie littéralement « l'amour vient après le mariage » ou « il n'est nul besoin d'être amoureux pour se marier ». Elle sous-entend que l'amour est une conséquence du mariage et pas nécessairement son prélude. La première *mitzvah* (précepte) de la Torah est de procréer, et le but du mariage (en plus de la compagnie) étant justement la procréation. L'amour, si admirable soit-il, n'a absolument rien d'indispensable.

traer azorrillado/a *(espagnol mexicain)*
Cette expression signifie qu'un amoureux désespéré nous colle aux basques. *Azorrillado* veut aussi dire « impressionné, intimidé ». Une autre locution, similaire, est *traer de un ala*, « apporter par une aile ».

empiernado/a *(espagnol vénézuélien)*
Ce mot s'emploie quand on est (sexuellement) ensorcelé par quelqu'un. *Enguayabado/a* se traduit par « fou amoureux » ou « folle amoureuse ».

mizgatisya *(ukrainien)*
Ce terme familier signifie aussi bien « faire l'amour » que « courtiser » ou « dire des mots doux ».

omae hyaku made washa kujuku made, tomo ni shiraga no haeru made *(japonais)*

Au Japon, on prononce cette phrase lors des cérémonies de mariage. Elle signifie «jusqu'à ce que tu aies cent ans et que j'en aie quatre-vingt-dix-neuf, jusqu'à ce que nos cheveux deviennent blancs, nous resterons ensemble». Quant au proverbe *fufu wa nise no chigiri*, il nous apprend que «le mariage est un vœu pour deux mondes».

Chen pian chih yan mo t'ing *(chinois)*

Ce proverbe nous avertit: «ne faites pas attention à ce que vous entendez sur l'oreiller» – ne prenez au sérieux aucune déclaration prononcée dans l'euphorie de l'amour.

misschien moeten we dan toch marr trouwen *(néerlandais)*

L'expression correspond à peu près au français « c'est quoi le problème ? – on n'a qu'à se marier » et s'emploie surtout lorsque la décision s'appuie plus sur des éléments extérieurs (avantages fiscaux, bébé en route, etc.) que sur des élans purement romantiques. Aux Pays-Bas, cette requête émane le plus souvent d'une femme.

níl aon leigheas ar an ngrá ach pósadh *(irlandais)*

Ce proverbe plutôt cynique affirme que « le seul remède à l'amour est le mariage ». Dans la même veine, les Espagnols ont *guerra, y caza, y amores, por un placer mil dolores*, ce qui signifie que « la guerre, la chasse et l'amour apportent mille douleurs pour un seul plaisir ».

masihlalisane (zoulou)

Littéralement « rester-ensemble », c'est le mot par lequel une femme désigne un petit ami sérieux, surtout lorsque celui-ci la soutient matériellement. (Il semblerait que ce soit également le nom d'un légume proche de l'épinard.) Une femme ainsi « entretenue » est appelée *ishweshwe* (un terme parfois traduit par « maîtresse »).

qing ren yan li chu xishi (chinois)

Par cette expression, qui affirme que « les yeux d'un amoureux voient Xishi », il faut comprendre qu'un homme qui aime une femme trouve toujours qu'elle est la plus belle du monde. Xishi était l'une des quatre grandes beautés de la Chine. Elle a inspiré un autre proverbe : *dongshi xiao pin*, « singer la forme de la beauté ». La belle était souvent malade et, lorsque c'était le cas, elle marchait le dos courbé, en grimaçant de douleur. Dongshi, qui était jalouse d'elle, crut que la meilleure façon de lui ressembler était de copier sa démarche et son expression faciale, sans comprendre que cela ne pouvait que l'enlaidir.

sine ce elong *(drehu, langue parlée à Lifou, l'une des Îles de la Loyauté, en Nouvelle-Calédonie)*

Cette locution drehu signifie « mon ami(e) » mais se traduit mot à mot par « morceau qui joue avec moi ». « Ma famille » se dit *sineng* ou *sinei eni* (« mon morceau »). Tout cela est parfaitement logique : les amis peuvent être là pour le plaisir, mais la famille, elle, on l'a pour toujours.

myliu *(lituanien)*

Les verbes « apprécier » et « aimer » sont souvent interchangeables en français. « Aimer » n'est pas toujours pris dans son acception la plus intense, et on peut l'entendre dans des expressions telles que « j'aime vraiment ce film ». En revanche, en lituanien, on ne peut utiliser *myliu* que pour dire « je t'aime » à l'élu(e) de son cœur (ce verbe n'a même pas besoin d'être accompagné de pronoms). Pour exprimer un sentiment fort et profond, on dispose aussi de *zaviuosi*, « je t'admire », ou de *alpstu*, « je meurs pour toi ».

je t'aime *(français)*

« Je t'aime » est probablement l'une des premières phrases que l'on apprend à dire lorsqu'on découvre une nouvelle langue, même si l'on n'a pas forcément l'occasion de les employer hors d'une salle de classe. Même en latin – une langue qui, on peut raisonnablement l'affirmer, n'a pas souvent été utilisée pour la séduction ces derniers siècles –, les élèves commencent systématiquement par *amo, amas, amat* : « j'aime, tu aimes, il aime ». Voici donc quelques « je t'aime » – parfois courants, parfois rares – que vous pourrez ajouter à votre collection.

Afrikaans : *ek het jou life*
Aztèque (classique) : *ni-mitz-tlazo`tla*
Basque : *maite zaitut*

Esperanto : *mi amas vin*
Finnois : *minä rakastan sinua*
Gaélique écossais : *tha gràdh agam ort*
Hawaïen : *aloha au ia oe*
Hongrois : *szeretlek*
Japonais : *ai shiteru*
Letton : *es tevi milu !*
Maltais : *inhobbok*
Mongol : *bi chamd khairtai*
Norvégien : *jeg elsker Dig*
Polonais : *kocham ci*
Suédois : *jag älskar dig*
Swahili : *nakupenda*
Tagalog : *mahal kita*
Turc : *seni seviyorum*

OFFRIR SON CŒUR 191

Traduction-adaptation : Mickey Gaboriaud
Conception graphique et réalisation : Claire Faÿ
© 2008 Albin Michel, S.A.
ISBN : 978-2-226-17684-4.
N° d'impression : 074248/4.
N° d'édition : 17521.
Dépôt légal : février 2008.
Imprimé en France.